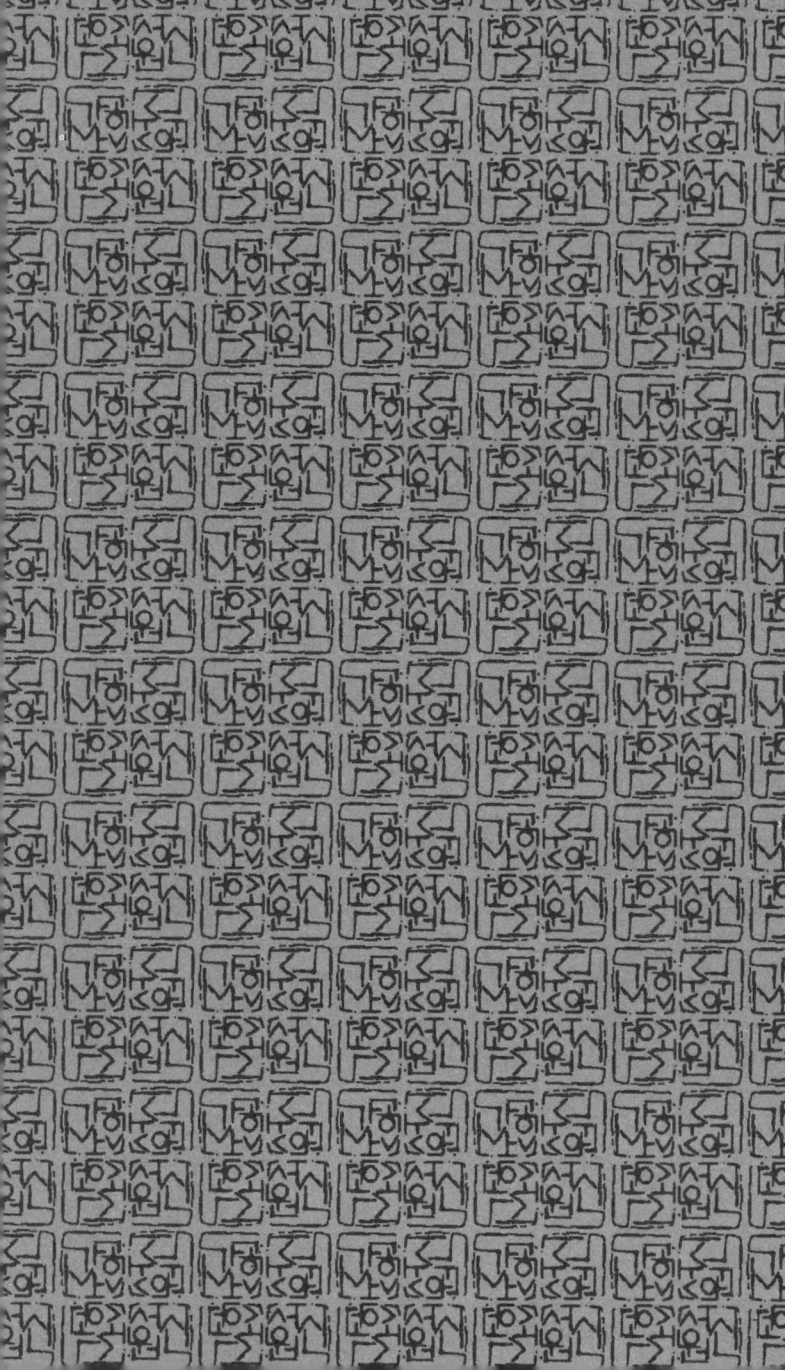

봉신연의 4

지은이 허중림
옮긴이 김장환

도서출판 신서원

역사여행 20 **봉신연의 4**

2008년 6월 20일 초판1쇄 인쇄
2008년 6월 25일 초판1쇄 발행

지은이 • 許仲琳
옮긴이 • 김장환
펴낸이 • 임성렬
펴낸곳 • 도서출판 신서원
서울시 종로구 교남동 47-2 협신빌딩 209호
전화 : 739-0222·3 팩스 : 739-0224
등록번호 : 제300-1994-183호(1994.11.9)
ISBN 978-89-7940-720-4

신서원은 부모의 서가에서 자녀의 책꽂이로
'대물림'할 수 있기를 바라며 책을 만들고 있습니다.
잘못된 책은 연락주세요.

목차

37 강자아가 곤륜산에 오르다 ▪ 5

38 4성이 서기에서 강자아를 만나다 ▪ 25

39 강자아가 기산을 얼리다 ▪ 51

40 사천왕이 병령공을 만나다 ▪ 75

41 문 태사가 서기정벌에 나서다 ▪ 109

42 황화산에서 등·신·장·도 네 장수를 거두다 ▪ 129

43 문 태사가 서기에서 크게 싸우다 ▪ 149

44 자아의 혼이 곤륜산을 노닐다 ▪ 169

45 연등도인이 십절진 격파를 논의하다 ▪ 195

46 광성자가 금광진을 격파하다 ▪ 219

47 조공명이 문 태사를 보좌하다 ▪ 241

48 육압도인이 계책을 바쳐 조공명을 쏘다 ▪ 265

37

姜子牙—上崑崙

강자아가 곤륜산에 오르다

　나타의 건곤권이 장계방의 왼쪽 팔을 맞추자 힘줄이 끊어지고 뼈가 바스러졌다. 말도 놀라 펄쩍거렸지만 장계방은 가까스로 떨어지지 않고 달아났다.

　나타는 승리를 거두고 성으로 돌아갔다. 정탐병이 승상부에 보고했다. 자아는 나타를 들어오도록 명하여 물었다.

　"장계방과의 싸움에 그 승부가 어찌되었느냐?"

　"제 건곤권에 왼쪽 팔을 부상당하고 패주하여 돌아갔습니다."

"도제의 이름을 불렀을 터인데?"

"장계방은 계속해서 세 차례나 불렀습니다만, 저는 그것에 아랑곳하지 않았습니다."

여러 장수들은 그 까닭을 알지 못했다. 대개 정혈精血로 잉태된 평범한 사람들에게는 3혼魂7백魄이 있어서, 장계방이 한 번 부르기만 하면 이 혼백들이 일체를 이루지 못하고 사방으로 흩어져 자연히 낙마하게 되는 것이었다. 그러나 나타는 바로 연꽃의 화신으로 온몸이 바로 연꽃으로 되어 있었으니 어디에 3혼7백 같은 것이 있겠는가? 그래서 그는 이름이 불렸어도 풍화륜에서 떨어지지 않았던 것이다.

왼팔에 부상을 당한 장계방은 처연한 마음이 들었다. 선봉장 풍림마저 부상을 입어 움직일 수가 없지 않은가? 그래서 전령을 내어 급함을 고하는 서신을 조가로 보냈다. 문 태사에게 원군을 청하기 위함이었다.

강자아는 승상부에 있으면서 '비록 나타가 승리를 거두긴 했으나, 뒤에 조가가 있고 그들은 대군을 움직여 다시 쳐들어올 텐데'라는 생각에 이르자 앞일을 가늠하기가 어렵겠다는 생각이 들었다. 자아는 깨끗이 목욕을 한 뒤 옷을 갈아입고는 왕을 뵈러갔다.

예를 마치자 무왕이 물었다.

"승상께서 날 보러오셨는데, 무슨 급한 일이라도 있으십니까?"

"신은 주군을 떠나 잠시 곤륜산에 다녀올까 합니다."

"적군이 성 아래에 이르러 장차 해자垓字를 넘보려 하고, 성을 지탱할 사람이 승상뿐이니 큰 걱정입니다. 승상께서는 가시더라도 곤륜에 머무르면서 너무 기다리게 하지는 마십시오."

"신은 이번에 가면 길게는 사흘, 짧으면 이틀 있다가 즉시 돌아올 것입니다."

무왕이 이를 허락했다. 자아는 승상부로 돌아와 나타에게 말했다.

"그대는 무길武吉과 더불어 성을 잘 지키고만 있게. 쓸데없이 장계방을 척살하려 하지 말게. 내가 돌아오고 나서 다시 계획을 세우도록 하겠네."

나타는 그리하겠다고 복명했다. 자아는 분부를 마치고 나서 토둔법을 활용하여 곤륜산으로 갔다.

강자아는 금방 기린애麒麟崖에 이르렀다. 토둔법을 거두고 곤륜의 경관을 바라보니 감탄이 절로 나왔다.

'이 산을 떠난 지도 벌써 10년이나 되었지. 이제 다시 오니 풍광도 새로워져 보이는구나!'

자아는 이렇게 생각하면서 감회를 이기지 못했다.

그렇지만 머뭇거릴 시간이 없었다. 기린애를 지나 옥허궁玉虛宮에 이르렀다. 그 앞에서 감히 들어가지 못하고 오랫동안 기다리고 있으니 백학동자가 나오는 것이 보였다.

"백학동자, 내가 왔다고 알리게."

백학동자는 자아임을 알고 급히 궁으로 들어가 팔괘대 아래에서 무릎을 꿇고 아뢰었다.

"강상이 밖에서 옥지玉旨를 기다리고 있습니다."

원시천존元始天尊은 머리를 끄덕이며 명했다.

"바로 들어오라 하라."

백학동자가 명을 전하자, 자아는 대 아래에서 엎드려 절하면서 축수했다.

"제자 강상이 노 사부님의 만수무강을 빕니다!"

원시천존이 말했다.

"네가 마침 산에 잘 올라왔구나. 남극선옹南極仙翁에게 '봉신방封神榜'을 네게 주도록 명했다. 기산으로 가서 봉신대를 세우도록 하여라. 그리고 그 대 위에 '봉신방'을 걸면 너의 일생의 일들이 모두 끝나게 되는 것이니라."

그러자 자아가 무릎을 꿇고 말했다.

"지금 장계방이란 자가 좌도방문의 술수를 써서 서기를 치고 있는데, 제자의 도법으로는 어찌할 수 없습니다. 바라옵건대 사부께서 큰 자비를 베푸시어 제자를 도와주십시오."

"너는 인간세상에 나가 재상이 되어 국록을 누리며 '상보相父'라 불리기까지 한다. 속세의 일을 어찌 내가 다 처리할 수 있겠느냐? 서기는 덕이 있는 자가 다스리고 있거늘 어찌하여 좌도방문을 두려워한단 말이냐! 일이 위급해지게 되면 저절로 지혜가 높은 사람들이 도울 것이니 이 일로 나에게 더 물을 게 없다. 떠나거라."

자아는 감히 더 묻지 못하고 궁을 나섰다. 막 궁문을 나서는데 백학동자가 말했다.

"사숙, 사부께서 들라 하십니다."

자아는 이 말을 듣고 황망히 팔괘대 아래로 돌아가 무릎을 꿇었다.

원시천존이 말했다.

"네가 갈 때 어떤 자가 너를 부를 것이나 대답하지 말라. 만일 대답한다면 36로가 너를 칠 것이다. 동해에서도 또 한 사람이 너를 기다리고 있을 것이니 조심하도록 하여라. 이제 떠나거라."

자아가 궁을 나서는데 남극선옹이 그를 배웅했다.

"사형, 제가 스승님을 뵈면서 장계방 물리칠 가르침을 간절히 구했는데도, 스승께서는 자비를 베푸시지 않으니 어쩌면 좋겠습니까?"

"하늘이 정한 운명은 옮길 수가 없는 법이지. 다만 어떤 자가 그대를 부르거든 절대로 대답하지 말게. 그것이 급한 일이네. 멀리 배웅하지 못하겠네."

강자아가 '봉신방'을 받들고 기린애에 이르렀다. 막 토둔법을 쓰려 하는데 뒤에서 "강자아!" 하고 부르는 소리가 들렸다. 자아는 속으로 중얼거렸다.

'정말 어떤 자가 부르는군. 대답하지 말아야지.'

뒤에서 또 "자아공!" 하고 불렀으나 역시 대답하지 않았다. 또 "강 승상!" 하고 불렀어도 대답하지 않았다. 이렇게 여러 차례를 불러도 자아가 대답하지 않자 그 사람은 큰소리로 외쳤다.

"강상! 야박하기도 하구려. 옛 친구를 잊다니! 그대가 지금 아무리 승상으로 신하의 높은 지위에까지 이르렀다고는 하나, 옥허궁에서 그대와 함께 40년간 수도했음을 잊었는가? 지금 내가 그대를 수차례나 불렀는데도 대답조차 하지 않다니 박정한 사람이로군!"

자아는 이 말을 듣고 뒤돌아보지 않을 수 없었다. 머리를 돌려 바라보니 한 도인이 있었다. 그는 바로 사제인 신공표申公豹였다.

자아가 말했다.

"아우, 나는 또 누가 나를 부른다고. 사부께서 분부하시기를, 어떤 자가 부르더라도 절대로 대답하지 말라고 하셨기 때문일세. 그래서 대답하지 않았던 것이네. 미안하네!"

"사형 손에 든 것이 무엇입니까?"

"봉신방이네."

"어디로 가십니까?"

"서기로 가서 봉신대를 지어 그 위에 걸려고 하네."

"사형께서는 지금 누구를 보위하고 계십니까?"

"허허허! 현제, 그대는 무슨 말을 하는가? 나는 서기에서 재상의 지위에 있네. 문왕께서 탁고托孤를 하셨으니, 내가 무왕을 세우게 된 것이지. 지금 천하를 3분해 보면 서주는 이미 그 둘을 얻었고, 8백제후들은 기뻐하며 서주로 돌아오고 있네. 내가 지금 무왕을 보좌하여 천자를 멸하려 하는 것은 바로 하늘의 뜻에 호응하는 것이네. 어찌 기산에서 봉새가 울었음을 모르는가? 그것은 바로 참군주를 부르는 징조이니, 지금 무왕의 덕은 요임금과 순임금에 비길 만하고 그 어짊은 천심에 부합하고 있네. 게다가 성탕의 흥성했던 기운은 암울해지고 있어 곧 망할 것이네. 그런데 현제가 이렇게 반문하는 것은 무슨 까닭인가?"

"사형이 지금 성탕의 흥성함이 이미 다했다고 하셨는데, 저는 지금 하산하면 성탕을 보위하고 천자를 도울 것이오. 자아! 그대가 서주를 돕는다면 나는 그대와 서로 다른 세상을 추구하는 것이 될 것이오."

"현제, 무슨 말을 그렇게 하는가? 사부께서 엄명을 내리셨거늘 어찌 어길 수 있겠는가!"

"자아, 내가 청원 한 마디 할 터이니 들어보시오. 다 좋게 되는 방법이 있소. 말하자면 나와 함께 천자를 보좌하여 서주를 멸하는 것만 같지 못하다는 말이오. 첫째로는 사형과 내가 형제로서 뜻을 같이할 수 있다는 점이고, 둘째로는 사형과 내가 형제로서 서로 다투지 않게 된다는 점이니, 이것이 바로 둘 다 온전해질 수 있는 도리가 아니고 무엇이겠소? 사형의 의향은 어떻소?"

이에 자아는 정색하며 말했다.

"아우의 말은 틀렸네! 지금 아우의 말을 듣는 것은 사부님의 명을 어기는 것이 되네. 게다가 천명을 받은 사람이 어찌 감히 그것에 거스를 수 있겠는가? 결코 그러한 도리는 없는 법일세. 아우는 그만 두게나!"

그러자 신공표는 노기를 띠며 말했다.

"강자아! 생각건대 그대가 주나라를 보위한다고는 하나 그대가 재주가 있으면 얼마나 있겠는가? 도를 닦은

지 40년에 불과하거늘."

자아가 말했다.

"그대의 수업은 그대의 것이요, 나의 수업은 나의 것이다. 어찌 이를 햇수의 많고 적음으로 견주는가!"

"강자아, 그대는 불과 오행술과 바다를 엎고 산을 옮기는 재간만 있을 따름이니, 그대가 어찌 나와 견줄 수 있나? 나로 말하자면, 수급을 떼어내어 공중에 던져 천만 리를 두루 돌게 하고, 홍운紅雲을 휘감고는 다시 목에 붙게 하여 본래대로 돌아와 말도 하게 할 수 있소. 이런 도술은 한 번에 쉽사리 배울 수 있는 도법이 아니오. 그러니 그대가 어찌할 수 있겠는가! 그러나 그대가 내 말대로 '봉신방'을 불태워 버리고 나와 함께 조가로 간다면 또한 승상의 지위를 잃지 않을 것이오."

자아는 신공표의 말에 미혹되어 잠시 생각해 보았다.

'사람의 머리란 6양陽의 으뜸이거늘 이를 잘라내어 수천 리를 돌게 하고는 다시 목에 붙여 원래대로 할 수 있다니 참으로 드문 술법이로다!'

이렇게 생각하고는 말했다.

"아우, 그대가 머리를 취하여 과연 그렇게 공중에 띄우고 예선처럼 해놓을 수 있다면, 내 곧 이 '봉신방'을 불사르고 그대와 함께 조가로 가겠네."

"그 약속을 저버리지 마시오!"

"대장부의 한 마디 말은 태산처럼 무거운 것이니, 어찌 믿음을 저버릴 리가 있겠는가?"

그러자 신공표는 도건道巾을 풀고 검을 손에 쥐었다. 그리고 왼손으로는 푸른 실을 잡고 오른손으로는 검을 들어 한번 휘두르니 머리가 떨어져 나갔다. 그런데도 그 몸은 쓰러지지 않았다. 다시 머리를 공중에 던지니 원을 그리며 선회하면서 위로 치솟아 올랐다.

자아는 충심이 두터운 군자인데도 얼굴을 들어 멍하니 바라보기만 할 뿐이었다. 그 머리는 이제 아주 조그마한 검은 그림자가 되어 선회하고 있었다. 자아는 바라보며 넋을 잃고 있었다.

한편 남극선옹은 자아를 보내고 아직 궁에 들어가지 않은 채 궁문 앞에서 잠깐 동안 쉬고 있었다. 신공표가 호랑이를 타고 자아를 쫓는 것이 보였는데, 기린애에 이르러서는 손짓 발짓을 하며 무슨 강론을 하는 것이었다. 그러다가 또 신공표의 머리가 공중에서 선회하는 것이 보였다. 선옹이 중얼거렸다.

'자아가 이 악당의 미혹에 빠지겠구나!'

급히 백학동자를 불렀다.

"너는 속히 백학으로 변신하여 신공표의 머리를 물고 남해로 날아가거라."

백학동자는 명을 받들고 곧 학으로 변하여 날아올라 신공표의 머리를 물고 남해로 날아가 버렸다.

자아는 고개를 쳐들고 그 머리를 바라보고 있었는데 홀연 백학이 이를 물고 가는 것이 보였다. 자아는 깜짝 놀라 크게 외쳤다.

"이런! 머리를 물어가 버리다니!"

남극선옹이 그 뒤를 따라온 것을 알지 못하고 있었다. 선옹이 자아의 뒤에서 손뼉을 탁하고 한 번 쳤다. 자아가 돌아보니 남극선옹이었다. 자아가 급히 물었다.

"도형! 어찌하여 또 오셨습니까?"

남극선옹이 자아를 손가락질하며 말했다.

"멍청하기도 해라! 신공표는 좌도사람인데, 그가 쓰는 그런 하찮은 환술에 속아넘어가다니! 이 술법은 잠깐 동안만 쓸 수 있는 것으로, 3각(刻) 이내에 머리가 목에 붙지 않으면 자연히 피가 뿜어져 나와 죽게 되네. 스승께서 그대에게 분부하여 남에게 대답하지 말라 하셨거늘, 그대는 어찌하여 그에게 대답했단 말인가?"

남극선옹은 안쓰러운 듯이 자아를 바라보며 말을 이었다.

"그대가 대답한 것을 대수롭지 않게 여길는지는 몰라도 36로의 병마가 그대를 치러오게 될 것이네. 방금 내가 옥허궁 문 앞에 있을 때 그대와 그가 이야기하고 있는 것을 보았네. 그는 이러한 술법으로 그대를 미혹시켜 '봉신방'을 불살라 버리게 하려는 것이니, 만일 이 '봉신방'을 불태운다면 어찌할 것인가? 그래서 나는 백학동자로 하여금 한 마리의 선학仙鶴이 되게 하여 그의 머리를 물고 남해로 가게 했던 것이네. 3각이 지나면 이 악당은 죽게 될 것이니 그리 되면야 그대는 걱정할 것 없겠지."

"도형, 이제 알았으니 그를 살려주시오. 도심은 자비롭지 않은 곳이 없는 법입니다. 그가 여러 해 동안 도법을 닦고 연마하여 구전단九轉丹의 도법을 이루었고, 용을 호랑이로 바꾸는 술법을 터득한 것이 참으로 아까운 노릇입니다!"

"그대가 그를 살려주어도 그는 그대를 살려주지 않을 것이네. 그렇게 되면 그때는 36로의 군대가 그대를 치러올 것이니 후회하지 말게!"

"나중에 나를 치는 군대가 온다 하더라도, 제가 어찌 감히 자비심을 저버리고 어질지도 의롭지도 못함을 먼저 행하겠습니까."

남극선옹이 손을 한번 흔들었다. 그러자 백학동자가

입을 벌려 신공표의 머리를 떨어뜨렸다. 하도 급히 떨어지는 바람에 뜻하지 않게도 얼굴이 등 쪽으로 돌아가 버렸다. 신공표는 얼른 손으로 양쪽 귀를 잡아 돌려 바르게 했다. 눈을 떠보니 남극선옹이 서 있었다. 남극선옹이 대갈일성했다.

"이 죽일 놈! 네가 좌도로 자아를 미혹시켜 '봉신방'을 불사르게 하고 천자를 도와 주나라를 멸하게 하려는 것은 무슨 까닭이더냐? 이참에 널 옥허궁으로 끌고 가서 스승님의 가르침을 다시 받도록 하는 것이 좋겠으나 그리하지는 않겠다. 썩 물러가거라!"

남극선옹은 또 자아를 향하여 속히 떠나도록 재촉해 말했다.

신공표는 부끄러워 감히 답변도 못하고 있다가 자아를 손가락질하면서 백액호白額虎에 올라탔다.

"가시오! 내가 그대의 서기를 삽시간에 피바다로 만들고 백골이 산처럼 쌓이도록 할 것이오!"

말을 마치자 신공표는 회한을 씹으며 떠나갔다.

자아도 떠날 시각이 되었다. 그는 '봉신방'을 받들고 토둔법을 써서 동해로 향했다. 가다가 그는 표표히 어떤 산에 내렸다. 그 산은 영롱하기 그지없었고 기묘한 봉우리들이 펼쳐져 있었다. 고봉준령에 운무가 자욱이 깔려 있어 마치 바다에 섬이 떠 있는 듯했다. 자아는 경치를 감상하며 탄복했다.

'내가 어찌 이 세상을 버릴 수 있으리! 이런 곳에 와서 홀로 정좌하고 『황정경黃庭經』을 읊는 것이 내 마음이 원하는 바이거늘!'

그가 말을 다 마치기도 전에 바닷물이 뒤집어질 듯 파도가 일고 회오리바람이 사방에서 불어왔다. 바람은 파도를 넘어 물보라가 하얗게 일었다. 파도소리는 천둥이 우는 듯 으르렁거렸고 삽시간에 운무가 깔렸으며 먹장구름이 천지간에 자욱해지면서 산봉우리를 뒤덮었다.

자아는 크게 놀라 외쳤다.

"이상하구나! 이상해!"

바로 그때 커다란 물결이 갈라지면서 온 몸에 붉은색을 칠한 듯한 한 사람이 나타났다.

"대선大仙! 나의 떠도는 혼백은 1천 년 동안이나 묻혀 있어 아직 육체를 완전히 벗어나지도 못하고 있습니다. 어제는 청허도덕진군께서 말씀하시기를 '오늘 이때에 법사 하나가 지나갈 터이니 유혼遊魂을 보내 기다리도록 하라'고 하셨습니다. 바라건대 법사께서는 그 위광威光을 크게 펼치시어 아무쪼록 이 유혼을 구제해서 이 자욱한 파랑 속, 이 고통의 바다에서 꺼내주소서. 그 드넓은 덕은 만세를 갈 것입니다."

자아가 마음을 단단히 먹고 물었다.

"그대는 누구이기에 여기에서 파도를 일으켰는가? 깊은 원한이라도 있어서겠지만 사실대로 말해 보게."

"저는 바로 헌원황제의 총령인 백감柏鑑이라 합니다. 치우蚩尤에게 크게 패하고 화기에 맞아 바다 속에 떨어져 1천 년 동안을 빠져나오지 못했습니다. 바라건대 법사께서 광명한 세계로 이끌어 주신다면 그 은덕은 태산과 같을 것입니다."

"그대 백감은 우리 옥허의 법첩法牒을 따라 서기산으로 가서 등용되기를 기다리시오."

이렇게 말하면서 손을 내저으니 다섯 번 우렛소리가 울리면서 미관迷關이 열리고 신도神道가 펼쳐졌다. 그리하여 백감의 현신은 감사하며 절을 했다. 자아는 크게 기뻐하며 토둔법을 써서 서기산으로 향했다.

삽시간에 바람소리를 일으키면서 산 앞에 이르렀다. 그러자 일진광풍이 한바탕 불었다. 바로 그때 자아가 본 것은 영접나온 5로의 신들이었다. 그들이 크게 외쳤다.

"옛날에 조가에 있을 때 은사의 명을 받아 서기산에 와서 기다리고 있었습니다. 이제 은사께서 이곳에 들르신다 하여 멀리 마중나온 것입니다."

자아가 말했다.

"나는 길일을 택하여 봉신대를 지으려 한다. 백감을 감독으로 하여 다 짓고 나면 '봉신방'을 펼쳐 걸고 이를 크게 쓸 것이다."

자아는 이렇게 말하고는 백감에게 분부했다.

"그대는 이곳에서 축조를 감독해 주시오. 대가 완성되면 내가 와서 방을 내걸 테니까."

5로신과 백감은 그 말을 좇아 기산에 대를 지었다.

자아는 서기로 돌아와 승상부에 이르렀다. 무길·나타 등이 맞이하여 전으로 들어와 앉았다.

"장계방이 또 싸움을 걸어오던가?"

무길이 대답했다.

"그러지 않았습니다."

잠시 뒤 자아는 조정으로 가서 무왕을 뵙고 교지를 받고자 했다. 왕이 자아를 어전 앞으로 불러들여 서로 예를 마치자 물었다.

"승상께서 곤륜에 가셨던 일은 잘 되셨습니까?"

자아는 모호하게 답변할 수밖에 없었다. 왜냐하면 장계방에게 그 일을 노출시켜서는 안되는 것이며, 또한 감히 천기를 누설할 수도 없었기 때문이었다. 그러자 왕이 또 말했다.

"상보相父께서 날 위해 힘들고 어려운 일을 하시게 되었으니, 내 마음 또한 편치 못합니다."

"노신이 나라를 위하여 마땅히 이렇게 해야 하는 것이거늘 어찌 수고로움을 꺼리겠습니까?"

다음날 자아는 북을 울려 제장을 소집하고 참모회의를 열었다.

"제장들은 명령을 받으시라."

가장 먼저 황비호가 영전令箭을 받았고, 나타도 영전을 받았다. 또 신갑·신면 등에게도 명하여 영전을 받도록 했다. 이로써 자아는 출정준비를 모두 마쳤다.

한편 나타에게 팔꿈치를 부상당한 장계방은 군영 중에서 상처를 치유하면서 조가의 원군이 오기만을 기다리고 있었다. 그는 자아가 그의 군영을 습격하리라는 것을 까맣게 모르고 있었다.

2경쯤 되었을 때, 갑자기 한 방의 포성이 울리자 일제히 함성이 일어 온 산악을 진동시킬 듯했다. 그는 황망히 무장을 갖추어 말에 올랐다. 풍림 또한 말에 올랐다.

막 진영을 나서니 온 천지가 서주군대였고, 횃불은 온 천지를 비추어 붉게 물들이고 있었다. 함성이 온 산과 땅을 요동치고 있었다.

원문 쪽을 보니 나타가 풍화륜을 타고 화첨창을 휘두르며 맹호와 같은 기세로 짓쳐오는 모습이 보였다. 장계방은 나타를 보자 전의를 상실하여 도주했다.
　풍림은 왼쪽 진영에 있다가 황비호가 오색신우를 타고 창을 휘두르며 짓쳐오고 있는 것을 보았다. 그는 크게 노하여 소리쳤다.
　"이 역적놈! 감히 야밤을 틈타 기습해 오다니, 스스로 죽을 길을 찾는구나!"
　청종마를 몰아 두 개의 낭아봉을 휘두르며 황비호에게 달려들었다. 소와 말이 만나는 곳, 어둠 속에서의 일대 혼전이 벌어졌다.

　한편 신갑·신면 등도 오른쪽 진영으로 쳐나갔는데, 진영 안에 아무도 대적할 만한 장수가 없는지라 좌충우돌, 종횡무진으로 후영後營에까지 이르렀다. 그러자 주기·남궁괄이 함거에 있는 것이 보였다. 급히 장계방 군을 물리치고 함거를 열어 그들을 구출했다.
　두 장수가 내달려 칼을 빼앗아들고 하늘이 무너지는 듯, 땅이 갈라지는 듯 짓쳐나가니 공포가 전장을 엄습했다. 그렇게 안팎으로 협공하니 천하에 누구인들 대적할 수 있겠는가! 장계방과 풍림은 대세가 기울었음을 알고 상처를 감싸 안고 오로지 도망칠 길을 찾을 뿐이었다.

온 들녘에 시체가 널브러졌고, 핏물은 내를 이뤘다. 전군이 신음을 내뱉으며 북과 징을 버리고, 서로 밟고 밟히며 달아나니 죽은 자는 그 수를 헤아릴 수 없었다.

장계방은 서기산에 이르러 패잔병들을 수습했다. 곧 풍림이 도착하여 주장과 대책을 논의했다.

장계방이 말했다.

"내가 군대를 이끌고 전장에 나온 이래 이런 대패는 일찍이 없었다. 오늘 서기에서 수많은 병마를 잃었으니 하늘도 무심하구나."

장계방은 급히 전통戰通을 작성하여 조가로 보내고 오로지 속히 원군을 내어 반적토벌에 나서기를 기대할 뿐이었다.

반면에 자아는 군사들을 거두어 승리를 안고 돌아왔다. 여러 장수들은 날듯이 기뻐하며 일제히 환호성을 질렀다.

한편 장계방의 전령이 이르자 문 태사는 전에 올라 북을 울려 장수들을 모으고 참모회의를 열었다. 당후관이 장계방의 전통을 올렸다. 태사가 이를 펼쳐보더니 크게 놀라며 말했다.

"장계방이 서기를 정벌하러 가서 승리를 거두기는커녕 오히려 병력을 손실당하고 그 예봉이 꺾였으니, 이 노부가 친히 정벌을 나가야만 비로소 서토를 이길 수 있겠구나. 지금 동남쪽의 두 길에서 계속되는 전쟁으로 편안할 날이 없는 터에, 또 유혼관 총령 두영寶榮도 승리를 거두지 못하고 있는 실정이다. 이렇듯 난적들이 횡행하고 있으니 어찌한단 말인가! 내가 간다면 누가 있어 조가를 지키랴. 가지 않으면 그들을 제압할 수 없을 것이고 가자니 걱정이로다."

이때 문하인 길립吉立이 앞으로 나서서 말했다.

"지금 나라 안에 기둥이 될 만한 인재가 없는데 스승께서 어찌 친히 정벌을 나가실 수 있겠습니까? 3산5악 관새에 있는 한두 장수를 불러 서기로 보내 장계방을 돕게 한다면 대사가 자연스럽게 바로잡힐 것이거늘, 스승께서는 어찌 노심초사하십니까? 존체에 해가 됩니다."

이리하여 두 명의 좌도도사를 보내기로 결정했는데, 그 무렵 봉신대에서는 바야흐로 이름을 걸려는 순간이었다.

四聖西岐會子牙

4성이 서기에서 강자아를 만나다

문 태사는 길립의 말을 듣고 갑자기 해도海島에 있는 친구가 생각나 박장대소하며 말했다.

"국사에 얽매여 복잡해진 심사 때문에 나날이 바쁘기만 할 뿐 편할 겨를도 없어 친구들을 모두 잊고 있었군. 그대가 방금 언질을 주지 않았더라면 까맣게 잊고 있을 뻔했네. 그들이야말로 4해를 평안케 할 사람들이지도 모르지."

그는 길립에게 분부했다.

"제장들에게 전하라. 사흘 동안 나를 찾지 말라 하라.

그리고 그대는 여경余慶과 함께 승상부를 잘 지키고 있으라. 나는 나가서 두세 밤이 지난 뒤에 돌아올 터이니."

태사가 곧 흑기린에 올라 두 개의 금채찍을 걸고 기린 정수리의 뿔을 한번 치니, 흑기린은 네 다리를 치켜들며 바람처럼 달려 삽시간에 떠나갔다.

문 태사가 서해 구룡도九龍島에 이르니, 바다물결은 도도하고 물안개는 자욱했다.

흑기린이 벼랑 앞에 멈추었다. 그곳 동굴문 밖에는 기이한 화초들이 아름다움 자태를 뽐내고 있었고, 푸른 잣나무와 소나무는 빛깔도 새로웠다.

그곳은 선가仙家의 도인들만이 왕래하는 곳이니 보통 사람 가운데 뉘라서 이런 곳에 와볼 수 있겠는가?

그곳에서 주변을 감상하고 있을 때였다. 한 동자가 동굴을 나와 괴이쩍다는 듯 쳐다보았다.

"네 사부는 동굴에 계시느냐?"

"제 사부께서는 안에서 바둑을 두고 계십니다."

"그렇다면 가서 말씀드려라. 상商나라 문 태사가 찾아왔다고 말이다."

동자가 동굴 안으로 들어간 잠시 뒤 네 명의 도인이 일제히 나오며 반겼다.

"문형, 한바탕 바람이 이는 듯하더니 그게 바로 형이

오는 낌새였구려."

　문 태사도 만면에 미소를 띠우며 반겼다. 서로 손을 잡으며 모두들 안으로 들어가 부들방석에 앉았다.

　"문형은 어디로 가는 길이오?"

　"일부러 예까지 좀 뵈러왔소이다."

　"우리들은 세상티끌을 피하여 이 궁벽한 섬에 와서 사는 터이거늘 무슨 특별한 가르침이 있기에 여기까지 오시었단 말인가?"

　"나는 국은을 입고 선왕의 탁고까지 받은 몸으로 재상의 자리에 있으면서 조정기강을 다스리는 중임을 맡고 있소이다. 그런데 지금 서기의 희발이라는 자가 곤륜의 문하인 강상을 앞세워 반란을 일으키고 있소이다. 얼마 전에 장계방으로 하여금 군대를 이끌고 나아가 정벌토록 했으나 승리를 취할 수 없었소이다. 게다가 동남쪽에서는 또 난이 일어나 제후들이 창궐하고 있어 내가 서쪽으로 정벌을 나간다면 나라 안이 텅 비게 될까 걱정이었소. 또한 스스로 아무런 계책을 낼 수 없어 부끄러움을 무릅쓰고 도형들을 찾아온 것이오. 만일 기꺼이 힘을 내어 우리의 위약危弱함을 도와주어 저 강포한 무리들을 제어해 준다면 실로 나 문중聞仲은 천만다행이겠소이다."

　그러자 먼저 한 도인이 대답했다.

"문형이 이렇게 오셨으니 이 빈도가 한번 가서 장계방을 구한다면 대사를 바로잡을 수 있으리다."

두번째 도인도 말했다.

"가려거든 네 사람이 함께 갈 것이지 설마 왕형王兄만이 문형을 위하려는 것은 아니겠지요? 우리도 함께 가는 것이 좋지 않겠소?"

문 태사는 크게 기뻐했다.

이들은 바로 4성聖들로서 '봉신방'에도 들어 있는 인물들이었다. 첫째는 이름이 왕마王魔란 사람이고, 둘째는 양삼楊森이요, 셋째는 고우건高友乾, 넷째는 이흥패李興霸였다. 이들은 모두 영소전靈霄殿의 네 장수들이었다.

대저 신도神道라는 것은 본래 신선이 행하는 것인데, 그 근본과 행실이 천박하여 정과조원正果朝元을 이룰 수 없는 자들이 함부로 신도를 이루었다고 말하는 것이었다.

왕마가 말했다.

"문형은 먼저 돌아가시오. 우리들이 바로 뒤따라 갈 것이오."

"도형의 큰 덕을 입었소이다. 구하니 곧 행운이 이르게 되는 것을. 자, 지체할 수 없소이다."

이윽고 문 태사는 흑기린에 올라 조가로 향했다. 얼마 후 왕마 등 네 도인이 일제히 수둔법을 써서 조가로

왔다.

조가에 이르자 네 도인은 수둔법을 거두고 성으로 들어갔다. 조가의 군민들은 한번 보더니 놀라 혼이 빠질 지경이었다.

왕마는 일자건一字巾을 쓰고 푸른색 옷을 입고 있었으며 얼굴은 보름달 같았다. 양삼은 연자고連子箍에 뱀머리 모양의 장식을 하고 검은색 옷을 입고 있었는데, 얼굴은 손바닥 같았고 머리카락은 붉은 칠을 한 듯했으며 눈썹은 노란색이었다.

고우건은 양쪽 머리를 잡아올려 상투를 틀고 짙은 붉은색 옷을 입고 있었는데, 얼굴은 푸르뎅뎅했고 머리털은 붉은 칠을 한 듯했으며 이는 아래위로 심하게 튀어나온 뻐드렁니였다. 이흥패는 어미금관魚尾金冠을 쓰고 샛노란 옷을 입고 있었는데, 얼굴은 잘 익은 대추 같았고 긴 구레나룻에 키가 1장 5·6척은 되어 보이는 것이 기세가 당당했다.

백성들은 이들을 보고 모두 혀를 내두르며 그저 손가락을 접을 뿐이었다.

네 도인들이 승상부에 이르니 문 태사가 그들을 맞아들였다. 예를 마치자 그는 "주안상을 차려오너라"고 명했다. 좌도에서는 모두 고기와 술을 먹는데 채식을 하는 자는 드물었다. 그렇게 다섯 사람들은 잔을 돌리며 먹고 마시고 했다.

다음날 문 태사는 입조하여 천자를 알현하고 말했다.

"신이 구룡도에서 네 명의 도인을 청해 왔습니다. 그들을 서기로 보내 희발을 칠까 합니다."

"태사는 짐을 위해 나라를 돌보는 몸인데, 어찌 그들을 청하여 만나보게 하지 않으시오?"

이에 문 태사는 어지를 받들었다. 얼마 안되어 네 도인이 어전으로 들어왔다. 천자는 한번 보더니 혼이 달아나는 듯했다.

'어쩌면 이다지도 흉칙한 몰골들이란 말이냐!'

도인들이 천자를 알현하며 말했다.

"소승들이 삼가 인사올립니다!"

"도인들은 몸을 편히 하시오!"

천자는 이렇게 말하면서 명했다.

"태사에게 짐을 대신하여 접대토록 하고 현경전에 주연을 마련하도록 하라."

문 태사는 어지를 받들었고, 다섯 사람은 현경전에서 즐거이 술을 마셨다. 이때 왕마가 말했다.

"문형, 우리들이 공을 이루고 돌아온 뒤에 다시 주연을 엽시다. 우리는 가겠소."

이리하여 네 명의 도인들은 조가 성문을 떠났고 문태사가 그들을 배웅했다.

네 도인들은 수둔법으로 서기산을 향하여 갔는데 삽시간에 도착했다. 불빛을 번득이며 장계방의 원문에 이르렀다. 정탐병의 보고가 들어왔다.

장계방은 보고를 받고 서둘러 중군으로 행했다. 왕마가 말했다.

"문 태사께서 우리들에게 그대를 도우라 청했는데, 귀공은 부상을 당한 것 같군요."

풍림이 나타에게 팔꿈치를 부상당한 일을 한바탕 이야기했다. 왕마가 또 말했다.

"어디 좀 봅시다. 음! 이것은 건곤권에 맞은 게로군."

왕마가 호로병에서 단약 한 알을 꺼냈다. 그가 단약을 입 속에 넣고 으깨어 상처 위에 붙이자 환부는 즉시 나았다. 장계방도 그 단약을 구하니 왕마가 역시 낫게 해주었다. 그러고 나서 또 물었다.

"서기의 강자아는 어디에 있소?"

"서기성은 여기에서 70리 정도 떨어져 있소이다. 군대가 패하여 이곳까지 오게 된 것입니다."

"속히 군대를 일으켜 서기성으로 가도록 하시오!"

장계방은 곧 명을 내렸고, 포성이 한 번 울리자 삼군

이 함성을 지르며 서기로 짓쳐나갔다.

자아는 승상부에서 연일 장계방이 패전한 일을 논의하고 있었다. 그럴 즈음 정탐병의 보고가 들어왔다.

"장계방이 군대를 일으켜 동문 쪽에 진을 치고 있습니다."

이에 자아는 여러 장수들에게 말했다.

"장계방이 진군해 온 것은 필시 그들 진영에 원군이 도착해 있음이니 각자 조심토록 하시오."

모든 장수들이 명을 받았다.

한편 왕마는 군막에 앉아 장계방에게 말했다.

"장군은 내일 출진하게 되면 자아의 이름을 불러 그가 나오도록 유인하시오. 우리들은 깃발 아래 가만히 숨어 있다가 그가 나오면 상대할 터인즉."

이때 양삼도 말했다.

"장계방·풍림, 장군들은 이 부적을 말안장에 붙여두시오. 쓸모가 있을 거요. 우리들이 타는 것은 기이한 짐승들인데 말들이 이를 보면 오금을 못 펴게 되어 제대로 서 있지 못하게 되오이다."

다음날 장계방은 갑옷과 투구에 한껏 성장을 하고 말에 올라 성 아래로 나갔다. 그리고는 자아를 부르며 야

유했다. 정탐병이 곧 이를 승상부에 알렸다.

"장계방이 승상을 부르며 야유하고 있습니다."

자아는 이미 장계방을 마음에 두고 있지 않았는데, 보고를 받자 명을 내렸다.

"다섯 대오로 나누어 성을 나가도록 하라."

포성이 울리고 성문이 크게 열렸다. 자아는 보독번寶纛旛 아래에서 청종마를 타고 손에는 보검을 들고 있었다. 장계방이 단기로 앞으로 나아갔다. 자아가 말했다.

"패장이 또 무슨 면목으로 여기에 왔는가?"

"승패는 병가지상사라고 했으니 무슨 부끄러움이 있겠소? 오늘은 전과는 다를 것이니 나를 얕보지 마시오!"

장계방의 이 말이 채 끝나기도 전에 후면에서 북소리가 들리고 깃발이 열리는 곳에 네 마리의 괴이한 짐승이 달려나왔다. 왕마는 폐한狴犴을, 양삼은 산예狻猊를, 고우건은 화반표花斑豹를, 이홍패는 쟁녕狰獰을 타고 있었다.

네 마리의 괴수가 진으로 짓쳐들어왔다. 자아를 옹위하고 있던 장수들은 모두 말에서 굴러떨어졌고 자아도 안장에서 떨어져 내렸다. 군마들은 괴수들의 악한 기운이 엄습해 오자 안절부절 오금을 펴지 못했다.

그 가운데 나타의 풍화륜만은 동요하지 않고 있었으며, 황비호의 오색신우도 끄떡하지 않았다. 그밖에 다른 말들에 타고 있던 장수들은 모두 낙마했던 것이다.

네 도인은 자아도 말에서 떨어져 관이 삐뚤어지고 도포가 헝클어진 것을 보고 박장대소하며 비아냥거렸다.

"당황하지 말고 천천히 해보시지!"

자아가 급히 의관을 정제하고 다시 보니 네 도인들의 모습은 흉악하기 이를 데 없었다. 얼굴은 각각 청색·백색·홍색·흑색이었고 또 각각 괴이한 짐승들을 타고 있었다.

자아는 머리를 조아리며 말했다.

"네 분 도형들께선 어느 명산, 어느 동부에 계신 분들이오? 지금 예까지 오신 것은 무슨 분부를 하시려는 겁니까?"

자아가 말을 마치자 왕마가 말했다.

"강자아, 우리는 구룡도에서 도를 닦은 왕마·양삼·고우건·이흥패라는 사람들이오. 그대와 우리 모두는 도문에서 수업한 사람들이지요. 우리 네 사람은 문 태사의 부름을 받고서 특별히 여기에 온 것이오. 우리는 그대와 협상하러 온 것이지 별다른 뜻은 없소이다. 그대는 빈도들이 제시하는 3가지 조건에 동의하실 수 있소?"

"도형들의 분부시라면 3가지뿐 아니라, 30가지라도 동의할 수 있습니다. 그러니 개의치 마시고 말씀만 하십시오."

"첫째는 무왕에게 신하를 칭하도록 청하시오."

"도형께서는 무슨 말씀을 그렇게 하십니까? 우리 주군이신 무왕께서는 죽어도 은나라의 신하로 법을 지키고 공무를 처리하시며 결코 천자를 기만한 일이 없으니, 어찌 불가함이 있겠습니까?"

"둘째는 창고를 열어 삼군 병사들에게 상을 나누어 주도록 하고, 셋째는 황비호를 장계방에게 넘겨 조가로 압송하여 돌아가도록 하시오. 공의 생각은 어떻소?"

"도형께서 분부하신 말씀은 아주 잘 알겠습니다. 제가 성으로 돌아가서 사흘 후에 표문을 지어올릴 것이니, 도형들께서 좀 번거롭더라도 이를 가지고 조가로 돌아가신다면 감사하겠습니다. 별달리 더 논의할 것도 없습니다."

그러자 양편에서 손을 들어 "끝났다!"고 외쳤다.

자아는 성으로 돌아와 승상부에 들어가 자리에 올랐다. 황비호가 무릎을 꿇고 말했다.

"승상께서 우리 부자를 장계방에게 보내 압송해 가도록 한다면 왕께 누를 끼침을 면할 수 있을 것입니다."

그러자 자아는 황급히 부축해 일으키며 말했다.

"황 장군, 방금 전에 그 세 가지 일은 임시변통으로

잠시 승낙한 것이지 다른 뜻이 있는 것이 아닙니다. 저들이 타고 있던 것은 모두 괴수들이어서 모든 장수들이 싸움도 하기 전에 말에서 떨어져 그 예기가 꺾이고 말았던 것입니다. 그러므로 상대방의 계략을 역이용하여 그들을 공격할 요량으로 서둘러 돌아왔을 뿐입니다."

황비호는 자아에게 고마움을 표했고, 장군들은 모두 해산했다. 자아는 곧 향탕香湯에서 목욕재계하고 무길과 나타에게 궁성수비를 분부했다. 그런 다음 토둔법을 써서 다시 곤륜산에 올라 옥허궁에 이르렀다.

자아는 원시천존을 만나자 엎드려 인사드렸다.

원시천존이 말했다.

"구룡도의 왕마 등 네놈이 너를 치러 서기에 와 있으렷다? 그들이 타는 네 마리 괴수들은 너도 일찍이 알지 못하던 것들이지? 무릇 만 가지 짐승들이 생겨날 때 종류도 여러 가지였지만, 용만 해도 아홉 종을 낳았는데 그 색과 모양이 다 달랐다. 백학동자야, 너는 도원에 가서 내가 타는 것을 끌고 오너라."

백학동자가 도원으로 가서 사불상四不相이라는 괴수를 끌고 왔다. 그 모양이 참으로 기괴하니, 머리는 기린이요, 꼬리는 돼지에, 몸체는 마치 용과 같았고, 다리는 하늘까지 뻗친 상서로운 빛을 밟고 있었다.

원시천존이 말했다.

"강상, 너는 40년간이나 닦은 공력으로 나를 대신하여 봉신하도록 되어 있다. 이에 이 괴수를 너에게 줄 터이니 타고 가거라. 도중에 또 3산·5악·4독瀆 가운데 기이한 것들을 만날 것이다."

이렇게 일러준 다음 또 남극선옹에게 나무채찍을 가져오라 명했다. 그것은 길이가 3척 6촌 5푼 정도 되는 것으로 21개의 마디가 있고 마디마다 4개의 인장이 찍혀 있어 모두 84개의 인장이 찍혀 있는 셈이었다. 이름하여 '타신편打神鞭'이라 불렸다. 자아는 무릎을 꿇고 받으며 또다시 간구했다.

"스승께서 큰 자비를 내려주시기를 바랍니다."

"네가 이번에 가면 북해를 지날 때 또 한 사람이 너를 기다리고 있을 것이다. 내가 이 중앙무기기中央戊己旗를 네게 주겠다. 깃발 안에 쪽지가 있으니 급박할 때 이 쪽지를 보면 어찌해야 될지를 알 수 있을 것이다."

스승이 말을 마치자 자아는 머리를 조아려 작별을 고하고 옥허궁을 나섰다. 남극선옹이 자아를 기린애까지 전송해 주었다. 사불상에 오른 자아가 이마에 난 뿔을 손으로 한 번 치니 괴수는 한 줄기 붉은 빛을 뿜으며 출발했다.

가는 도중에 자아는 표표히 어느 산 위에서 길을 멈추었다. 산은 해도海島와 인접하고 있었는데 아주 아름다웠다. 수천의 봉우리는 갈래창을 늘어놓은 듯하고, 만 길이나 되는 절벽은 병풍을 두른 듯했다. 햇빛에 비췬 자욱한 안개가 산자락을 휘돌고, 비 뿌린 산색은 신선하게 물기를 머금고 있었다.

첩첩산중 계곡 속엔 지초와 난초가 가득하고, 도처의 구릉엔 이끼풀이 돋아 있었다.

자아가 산세를 정신없이 바라보고 있을 때였다. 산 아래 저쪽에서 괴이한 구름이 뭉실뭉실 피어올랐다. 구름이 스쳐지나면서 바람이 일었고 바람소리가 들리는 곳에 무엇인가 보였는데 무척 기이한 모습을 하고 있었다.

머리는 뱀모양에 쟁녕獰獰처럼 흉악한 몰골이었고, 목은 거위 목으로 강건한 효웅梟雄 같았다. 수염은 새우의 그것과 같았는데 위아래로 뻗어 있었고, 귀는 소의 그것처럼 생겼고 두 눈은 볼록하게 튀어나와 있었다. 몸체는 마치 물고기처럼 생긴 것이 찬란한 광채를 발했고, 손은 앵무새의 발처럼 생긴 것이 번개가 작열하는 듯 강하게 보였다. 다리는 호랑이의 그것과 같아 마치 산을 뚫고 시내를 뛰어넘을 듯했다.

자아는 이를 보자 혼비백산하여 비명이 절로 나왔다.

온 몸에선 식은땀도 흘러내렸다.

그 괴물이 큰소리로 말했다.

"강상의 고기를 한 점만 먹어도 천 년 수명을 누릴 수 있다!"

괴물이 펄쩍 뛰어 달려들면서 외쳤다.

"강상, 너를 잡아먹어야겠다!"

자아가 말했다.

"나는 그대와 아무런 관계도, 원수진 일도 없는데 왜 나를 잡아먹으려 드는가?"

"오늘의 액운을 빠져나갈 생각일랑 마라!"

자아는 넋이 빠져서 어찌할 바를 몰랐다. 바야흐로 일촉즉발의 위기에 내몰렸을 때, 스승의 말이 생각났다.

자아는 황급히 행황기杏黃旗를 가볍게 펼쳐 그 안에 들어 있는 글을 보았다. 그제야 자신을 얻은 자아가 말했다.

"악머구리 같은 놈, 내가 너에게 먹히는 것은 피하기 어려운 듯하나, 네놈이 나의 행황기를 뽑는다면 너의 먹이가 되어주고, 만일 뽑지 못한다면 팔자나 탓하여라."

자아는 그 기를 땅에 꽂았다. 기는 약 2장 정도만 위로 솟아 있었다. 그 요괴는 손을 뻗어 뽑으려 했으나 뽑을 수 없었다. 다시 두 손으로 뽑아봐도 역시 뽑히지 않앉고 음양수陰陽手를 써서 뽑아도 뽑히지 않았다. 그러자 양손으로 기의 밑동을 잡고 목에 힘을 잔뜩 주고 한동안 기를 쓰고 뽑아보려 했으나 역시 뽑히지 않았다.

이때 자아가 공중을 향해 손을 뻗어 오뢰정법五雷正法을 구사하니 번갯불이 교차되면서 굉음이 울렸다. 그 괴수는 깜짝 놀라 손을 놓으려 했으나, 뜻밖에도 그 깃대에 손이 딱 달라붙어 있어 떨어지지 않는 것이었다.

자아가 큰소리로 외쳤다.

"못된 놈! 내 검을 받아라!"

"어르신, 목숨만 살려주시오! 제가 어르신의 현묘한 솜씨를 몰라뵈었습니다. 이는 필시 신공표가 저를 해하려 하는 것입니다."

자아는 신공표라는 이름을 듣자 물었다.

"네가 나를 잡아먹으려 했던 것이 신공표와 무슨 관계라도 있는 것이냐?"

"어르신, 저는 용수호龍鬚虎라는 자입니다. 소호少昊 때 생겨난 이후로 하늘과 땅의 영기를 취하고 음양의 정화를 마신지라 절대로 죽지 않는 불사신이 되었습니다. 얼마 전 신공표가 이곳을 지나다가 말하기를 '오늘 이 시각에 강자아란 자가 지나갈 터인즉 그의 고기 한 점만 먹는다면 만 년의 수명을 누릴 수 있다'고 하여, 이렇게 일시에 우매하고도 대담한 마음을 품고 어르신을 범하려 했던 것입니다. 어르신께서 이렇게 도력도 높으시고 덕이 크신 줄을 미처 몰랐으니, 큰 자비심으로 제가 천년신고辛苦로 쌓아온 공업을 가엾게 여겨 목숨을 부지하게 해주신다면 만 년이 지나도록 그 은덕에 감사할 것입니다!"

"네가 삼가 나를 스승으로 모시겠다면 목숨을 살려주겠노라."

"삼가 어르신을 스승으로 모시겠습니다."

"자, 이제 되었으니 눈을 떠라."

용수호가 눈을 뜨자, 하늘에서 우렛소리가 들리고 용수호의 손도 풀렸다. 이렇게 하여 자아는 북해에서 용수호를 제자로 거두었다.

자아가 물었다.

"너는 이 산에 있으면서 일찍이 배운 도술들이 있을 터인데?"

"제자는 발수유석법發手有石法에 능합니다. 손을 들어 펼치면 잘 다듬어진 소반만한 크기의 큰 바위덩이들이 마치 소나기가 퍼붓는 듯 날리며 산에 맞으면 온 산을 흙먼지로 변하게 하여 하늘을 가리는 술법으로, 발수發手와 응수應手를 자유자재로 할 수 있습니다."

자아는 크게 기뻐하며 중얼거렸다.

'이 녀석으로 적진을 습격하도록 하면 이르는 곳마다 공을 이룰 수 있겠구나!'

자아는 행황기를 거두고 용수호를 따르게 하여 사불상에 올라 곧바로 서기성을 향했다.

이윽고 승상부에 이르니 여러 장수들이 영접을 했다. 문득 용수호가 자아의 뒤에 있는 것이 보이자, 여러 장수들이 놀라 어쩔 줄 몰라 하며 외쳤다.

"강 승상께서 사기邪氣를 몰고 오셨다!"

자아는 여러 장수들이 의심하는 바를 알고 웃으면서 말했다.

"그는 북해의 용수호라는 자로서 내가 거두어 제자로 삼았소이다."

자아가 성 밖의 동정을 물으니 무길이 대답했다.

"성 밖은 아무런 움직임도 없습니다."

자아는 한바탕의 대전을 치를 준비를 했다.

한편 장계방은 군영 중에서 닷새가 지났는데도 자아가 성을 나와 삼군을 위로하여 포상하고 황비호 부자를 그의 진영으로 압송해 오지 않는 것을 보고는 네 도인들에게 말했다.

"어르신들! 강상이 닷새가 지나도록 소식을 보이지 않으니 무슨 꿍꿍이속이 있는 것이 아닙니까?"

그러자 왕마가 대답했다.

"그가 이미 승낙을 한 이상 설마 우리들과의 약속을 저버리기야 하겠소? 만약 그리한다면 서기성은 성 가득 피를 채워 못을 이루고 시체가 산을 이룰 것이오."

또 사흘이 지나갔다.

양삼이 왕마에게 말했다.

"도형! 자아가 여드레가 지났는데도 나오지 않으니 우리들이 나가서 어찌된 일인지 살피도록 합시다."

이에 장계방이 말했다.

"강상이 그날 형세가 불리하다고 판단하고는 거짓 약속을 한 듯합니다. 강상은 겉으로는 충성을 보인 듯했으나 기실 속은 간사한 꾀를 품고 있었던 것입니다."

양삼이 말했다.

"이렇게 되었으니 우리가 나갑시다. 설혹 저놈들이 우리를 유인하는 짓이라 해도 한바탕 공은 이룰 수 있을 것이니, 문 태사와의 약속을 마치고 일찌감치 돌아갈 수 있을 것입니다."

풍림이 출전을 명하자 포성이 울리고 삼군이 함성을 지르며 성 아래로 짓쳐나가 자아를 불러댔다. 정탐병이 승상부로 들어와 보고했다.

자아는 나타·용수호·무성왕 등을 거느리고 사불상을 타고는 성을 나섰다.

이를 왕마가 보자마자 크게 노하여 외쳤다.

"강상 이놈! 네가 저번에는 말에서 굴러떨어지더니 곤륜산에서 사불상을 얻어왔구나. 그래 우리들과 한바탕 자웅을 겨뤄보겠다는 것이냐?"

이렇게 말하며 폐한狴犴이라는 엄청난 들개를 툭 치더니 올라타고 검을 휘두르며 자아에게 달려들었다. 곁에 있던 나타는 풍화륜에 올라 화첨창을 휘두르며 외쳤다.

"왕마 이놈! 우리 사숙을 해치지 마라!"

그가 짓쳐나가니 풍화륜과 괴수가 서로 부딪치고 한데 어우러지는 한바탕 볼 만한 싸움이 되었다.

나타는 화첨창으로 왕마와 힘껏 대적했다. 한참 싸우고 있을 때 돌연 사자의 일종인 산예狻猊를 타고 있던 양삼은 나타의 창이 몹시 매서운 것을 보고는 단검으로 당해내지 못하리라 여기고 표피낭에서 개천주開天珠 한 개를 꺼내 나타의 얼굴을 향해 던졌다.

나타는 이것을 맞고 풍화륜에서 굴러떨어졌다. 왕마가 그의 수급을 취하려고 급히 달려왔으나, 그에 앞서 무성왕 황비호가 오색신우를 재빨리 몰아 창을 겨누며

쳐나가 나타를 구했다.

왕마는 다시 황비호와 싸우게 되었다. 이때 양삼이 두번째로 개천주를 던졌다. 황비호가 아무리 출중한 장군이라고는 해도 어떻게 이런 기이한 개천주 구슬을 경험해 보았겠는가? 그도 신우에서 떨어져 나뒹굴고 말았다. 그러자 용수호가 크게 외치며 달려나왔다.

"우리 대장을 해치지 마라, 내가 간다!"

왕마가 언뜻 보더니 크게 놀라며 말했다.

"아니 이게 무슨 괴물인가!"

고우건도 화반표花斑豹 표범을 타고 있다가 용수호의 흉악한 모습을 보자 질겁했다. 정신을 차려 황망히 혼원보주混元寶珠를 꺼내 용수호의 얼굴을 향해 던졌다. 구슬은 용수호의 목에 명중하여 머리를 날려버렸다.

이때 좌우에서 왕마와 양삼이 자아를 사로잡으려고 달려왔다. 자아는 검으로 이에 맞섰으나 좌우에 그를 도울 수 있는 자가 아무도 없었다. 이미 상대할 만한 세 장수가 모두 부상을 입고 돌아갔기 때문이다.

아차하는 사이에 이흥패의 벽지주劈地珠가 자아를 향해 날아왔다. 자아는 심장부위에 이를 맞고 "으익!" 소리를 지르며 하마터면 사불상에서 떨어질 뻔했다.

자아는 사불상에 실린 채 북해를 향하여 달아났다.

왕마가 외쳤다.

"기다려라, 강상 네놈을 잡으리라!"

왕마는 계속 그의 뒤를 쫓았다. 마치 구름이 날리고 회오리바람이 몰아치듯 했으며 활시위를 떠난 화살 같았다.

자아는 비록 가슴에 중상을 입었으나 뒤에서 쫓아오는 소리를 들을 수는 있었다. 그래서 사불상의 뿔을 탁 쳐서 공중으로 떠오르게 했다. 왕마는 웃으며 말했다.

"도문의 술법이라! 내가 구름 위로 솟아오르지 못할 줄 아느냐?"

그리고는 타고 있던 폐한을 탁 때리니 역시 공중으로 솟아오른 뒤 계속 추격해 왔다.

자아는 서기에서 일곱 번 죽고 세 번 재앙을 당하게 되어 있는데, 이번에 4성을 만나게 된 것이 바로 그의 첫번째 죽음인 것이다.

왕마는 자아의 뒤를 따라잡을 수 없음을 알고는 다시 개천주를 취하여 자아의 등쪽 심장부위로 날렸다. 이에 자아는 사불상에서 굴러떨어져 산기슭으로 구르는 바람에 온 몸의 뼈조차 다 부스러졌다. 자아는 얼굴을 하늘로 향한 채 죽어버렸다.

왕마가 괴수에서 내려 자아의 수급을 취하려고 다가

갔다. 그런데 갑자기 산중에서 웬 노랫소리가 들려왔다.

들녘 흐르는 물에 스친 맑은 바람 버들가지 흔드니,
연못 수면 위로 꽃잎 날리네.
어디에 안거하느냐 물으니,
흰 구름 저 깊은 곳이 내 집이라 하네.

왕마가 노래를 듣고 주위를 살피니 바로 오룡산 운소동의 문수광법천존이었다. 왕마가 물었다.
"도형께서 여기에는 무슨 일이십니까?"
광법천존이 말했다.
"왕 도우! 자아는 해칠 수 없네! 빈도가 옥허궁의 명을 받고 여기에서 기다린 지 오래 되었네. 다섯 가지 일들을 일러준바, 이는 곧 자아에게 명하여 하산하도록 한 것들일세. 첫째 성탕의 운수가 이미 다했고, 둘째 서기의 참된 군주가 강림했으며, 셋째 우리 천교에는 살계를 금하게 되어 있고, 넷째 자아는 서기의 복록을 누리고 장상의 권세를 얻게 되어 있으며, 다섯째 옥허궁을 대신하여 봉신을 하도록 되어 있다네. 도우, 그대는 절교 가운데에서 유유자적하며 그 어떤 구속도 없을 것인데 어찌하여 이렇게 악한 기운을 내뿜으며 씩씩거리는 것인가? 아마도 그대는 알 것이네. 저 벽유궁에 쓰인 두 구절의 글을.

동부洞府의 문일랑 단단히 닫아걸고,
『황정경』 두세 권을 조용히 암송하네.
서기에 몸을 던지니,
봉신대에 이름있는 사람이라네.

그대가 설령 강상을 죽인다 하더라도 그는 회생하고 말 것이네. 도우는 즉시 돌아가게. 이는 또한 한 번 차오른 달이 아직 이울지 않고 있음이라고 할 수 있네. 만일 내 말을 따르지 않는다면, 죽음에 이르러서야 후회하게 될 것이네."

"광법천존! 말은 참 그럴싸하게 잘하는군! 나와 당신은 똑같은 도법을 가지고 있으니, 달이 한 번 이울면 차오르기 어려운 이치를 어찌 설명하겠소? 설령 그대에게 고명한 스승이 있다 해도 나에겐 어떤 교주도 없소이다!"

왕마는 이렇게 말하더니 불같은 분노를 일으키며 손에 검을 쥐었다. 그는 눈을 부릅뜨고 광법천존에게 달려들었다. 광법천존의 뒤에는 한 도동이 있었는데, 양쪽 귀 위로 쪽진 머리를 하고 엷은 황색 옷을 입고 있었다.

그가 큰소리로 외쳤다.

"왕마는 흉포함을 늦추어라! 내가 간다!"

이는 곧 광법천존의 문하인 금타金吒였다. 그는 검을 꼬나들고 곧바로 왕마에게 달려들었다. 왕마는 검을 들어 맞섰다. 전후좌우로 빙빙 돌고 얽히면서 악신들끼리 서로를 죽이려는 듯했다.

왕마와 금타가 산 아래에서 접전하고 있을 때, 광법천존은 무언가를 꺼내들었다. 이 보물을 도가에서는 둔룡장遁龍椿이라 했는데, 오래 지난 뒤에 불가에서는 이를 칠보금련七寶金蓮이라 불렀다. 위에는 세 개의 금고리가 있었는데, 이를 들어 아래로 떨어뜨리자 왕마는 손쓸 겨를도 없이 목과 허리와 다리에 금고리 하나씩이 끼워졌다. 그리하여 둔룡장에 묶인 채 꼿꼿이 서 있게 되었다. 금타는 검을 들어 내리쳤다.

姜子牙冰凍岐山

강자아가
기산을 열리다

 금타는 단칼에 왕마의 목을 떨어뜨렸다. 한 줄기 영혼이 봉신대로 올라오자, 청복신 백감柏鑑이 백령번百靈旛으로 이를 끌어들였다. 광법천존은 둔룡장을 거두고 곤륜을 향해 배례하며 말했다.
 "제자가 살계를 열었습니다."
 그리고 나서 금타에게 명하여 자아를 업고 산에 오르도록 했다. 잠시 뒤 단약을 물에 갈아 자아의 입속으로 흘려넣었다. 그러자 얼마 안 있어 자아가 깨어났다.
 그는 광법천존에게 보고 물었다.

"도형, 제가 어찌 이런 곳에서 만나뵙게 되었습니까?"

"본래부터 하늘의 뜻이 이렇게 정해 놓은 것이라네. 사람의 힘이 아닌 게야."

그러고 나서 두어 시각이 지나자 금타에게 명했다.

"너는 사숙과 함께 하산하여 서토를 돕도록 하여라. 나도 곧 갈 것이니라."

그리하여 자아를 사불상에 태워 서기로 돌려보냈다. 광법천존은 흙으로 왕마의 시신을 덮어놓았다.

한편 서기성에서는 강 승상이 보이지 않아 여러 장수들이 모두 당황하고 있었고, 무왕도 친히 승상부에까지 와서 각지에 정탐병을 보내 찾고 있던 중이었다. 그럴 즈음 자아가 금타와 함께 서기에 이르니 여러 장수들과 무왕은 일제히 승상부를 뛰쳐나왔다. 자아가 사불상에서 내리자 무왕이 말했다.

"상보께선 어디로 도주하셨던 겁니까? 내 마음을 이다지도 불안하게 해놓고서 말입니다!"

"노신은 만약 이 금타가 아니었으면 결코 살아서 돌아올 수 없었을 것입니다."

그러자 금타가 무왕을 배알했다. 그런 뒤 그는 나타를 만나 한곳에서 편안히 쉬게 되었다. 자아는 승상부에 들어가 몸을 보양했다.

성탕진영에서는 양삼이 왕마가 승리를 거두고 자아를 추격하는 것을 보았는데 늦도록 돌아오지 않자 의혹이 생겼다.

"어찌하여 돌아오지 않는 걸까?"

양삼은 급히 소매 속에서 따져보더니 "끝장났다!" 하고 크게 외쳤다. 고우건과 이흥패가 일제히 그 까닭을 물으니 양삼이 노하여 부르짖었다.

"천 년 동안이나 쌓아온 도업이 하루아침에 오룡산에서 무너지고 말다니, 애석하도다!"

세 명의 도인들은 노기충천하여 머리카락이 곤두서서 관을 찌를 지경이었다.

그렇게 하룻밤을 불편하게 보내고 다음날이 되어 세 도인은 왕마의 복수를 다짐했다. 그들은 각자 괴수를 타고 기주성 아래에 와서 싸움을 걸었다.

"강자아는 나와서 칼을 받아라!"

정탐병이 승상부에 들어와 보고했다. 자아는 상처가 아직 다 쾌유되지 않았는데 금타가 말했다.

"사숙, 제자가 이렇게 보호해 드리러 왔으니 성을 나가 출전하신다면 반드시 공을 이루게 될 것입니다."

자아는 그 계책에 따라 사불상에 올라 성문을 여니,

세 명의 도인이 이를 갈며 큰소리로 꾸짖었다.

"강상 이놈! 우리 도형을 죽이다니, 한 하늘 아래 함께 서 있을 수 없음이로다!"

이윽고 셋이서 일제히 뛰쳐나왔다. 자아 곁에는 금타와 나타 두 사람이 있었다. 금타는 두 개의 보검을 쓰고, 나타는 풍화륜을 타고 화첨창을 휘두르며 대적했다. 다섯 사람의 무기들이 교차되면서 마치 붉은 구름이 쫙 퍼져 나오듯 하늘과 땅을 영롱하게 했고, 등등한 살기는 산하에 번득였다. 자아는 그제야 뒤늦게 스승의 말을 생각해냈다.

'스승께서 내려주신 타신편 채찍을 왜 미처 생각하지 못했을까?'

자아가 타신편을 꺼내 휘두르자, 하늘에서 뇌성벽력이 치면서 고우건의 정수리를 맞추었다. 그는 뇌수가 흘러나와 비명에 죽었다. 하나의 영혼이 또 봉신대로 들어간 것이다.

양삼은 도형의 죽음을 보자 사자후를 토하며 자아에게 달려들었다. 이때 돌연 나타가 건곤권을 던졌고 양삼이 막 이를 막으려는 순간 금타가 둔룡장으로 양삼을 꼼짝 못하게 했다. 그리고는 검을 휘둘러 양삼을 둘로 가르고 말았다. 한 줄기의 영혼이 또 봉신대로 들어갔다.

장계방과 풍림은 두 도사들이 죽는 것을 보고 있다가 장계방은 말을 몰아 창을 휘두르며 뛰쳐나왔고, 풍림도 낭아봉을 휘두르며 짓쳐 나왔다. 쟁녕狰獰 들개를 탄 이홍패는 방릉간方楞鐧을 휘두르며 처왔다. 금타는 맨땅에서 싸우고 있었고, 나타는 이리저리 창을 휘둘러댔다.

이렇게 양쪽이 혼전을 거듭하고 있을 때, 갑자기 서기성에서 포성이 한 번 울리더니 웬 장수 하나가 달려 나오는데, 머리를 번득이며 은빛투구와 갑옷을 입고 백마에 긴 창을 들고 있었다. 이는 바로 황비호의 넷째아들인 황천상黃天祥이었다. 그는 말을 달려 군문 앞에까지 처왔는데 그의 신무神武는 위엄을 번득였으며 용맹은 삼군을 대적할 만했다. 그가 쓰는 창법은 마치 소나기가 퍼붓는 듯했다.

황천상이 옆으로 비스듬히 찔러나가자 풍림은 그만 말에서 굴러 떨어지고 말았다. 장계방은 이길 수 없음을 알고 진영으로 황급히 도망치고 말았다.

이홍패가 막사에 올라 말했다.

"우리 네 사람이 장군을 도우러 왔으나 뜻밖에도 오늘 이렇게 예봉이 꺾였고, 또 우리 세 도형들마저도 잃고 말았소. 그러니 그대는 속히 문서를 작성하여 문형聞兄에게 보고하도록 하시오. 그래야만 이런 지경에서 벗어나 오늘의 한을 씻을 수 있을 것이오."

장계방은 그 말을 좇아 급히 보고서를 작성하여 조가로 보냈다.

한편 자아는 승리를 얻어 서기로 돌아왔다. 곧 은안전에 올라 여러 장수들의 공로를 보고받았다. 자아는 황천상이 말을 달려 풍림을 쓰러뜨린 것을 칭찬해 마지않았다.

이때 금타가 말했다.

"사숙, 오늘의 승리에서 그칠 수 없습니다. 내일의 대회전에서 또 한바탕 공을 이루어야 장계방을 깨뜨릴 수 있을 것입니다."

다음날 자아는 여러 장수들을 점검하고 성을 나섰다. 삼군이 함성을 울려 위세를 크게 떨쳤다. 병사들이 장계방의 이름을 불러댔다. 장계방은 그 보고를 듣고 크게 노하여 말했다.

"내 일찍이 군대를 이끌고 나와 예봉이 꺾인 일이 없었거늘, 오늘 이렇게 애송이에게 수모를 겪다니 간을 씹을 노릇이로다!"

그는 급히 말에 올라 진세를 펼치고는 원문에 이르러 자아를 손가락질하며 크게 소리쳤다.

"이 역적놈! 네 어찌 감히 천조天朝의 원수를 욕보이려 한단 말이냐? 내 너와 자웅을 겨뤄보리라!"

말을 마치자 말을 몰아 창을 꼬나들고 쳐나왔다. 그러자 자아의 뒤쪽에서 황천상이 말을 몰고 나왔다. 장계방과 함께 쌍창이 어우러지는 일대 장관이었다.

그렇지만 30합이 되도록 우열이 가려지지 않았다. 그러자 자아가 "북을 울려라!"라고 명했다. 군법에 북을 울리면 나아가고 징을 치면 그치는 법, 이에 서주진영에서 수십 기의 말이 내달았다. 좌우로 백달伯達·백괄伯适·중돌仲突·중홀仲忽·숙야叔夜·숙하叔夏·계수季隨·계와季騧·모공 수毛公邃·주공 단周公旦·소공 석召公奭·여공 망呂公望·남궁괄·신갑·신면·태전太顚·굉요閎夭·황명·주기 등이 포위망을 이루며 쳐나갔다. 그리하여 장계방을 포위망 가운데로 몰아갔다.

장계방은 마치 미친 호랑이처럼, 술에 취한 표범처럼 서주장수들에 대항하며 조금도 두려워하지 않았다.

자아가 금타에게 명했다.

"너는 이흥패를 치거라. 내가 타신편으로 너를 도와 오늘의 공을 이루어 보리라."

이에 금타는 명을 받들고 뛰쳐나갔다. 이흥패는 쟁녕을 타고 있었는데 돌연 한 도동이 쳐오는 것을 보더니, 급히 쟁녕을 몰아 나아가면서 방릉간을 휘둘렀다. 금타는 보검을 비껴들고 마주쳐 나갔다.

 아직 몇 합도 채 안되었을 때, 나타가 풍화륜을 타고 창을 휘두르며 곧장 달려들었다. 이홍패는 우선 방릉간으로 급히 돌려쳤다. 그때 자아 또한 사불상 위에서 막 타신편을 쓰려고 했다.

 이홍패는 형세가 도저히 이길 수 없음을 알고 쟁녕을 등짝을 한 번 내리쳤다. 그러자 괴수는 네 발을 박차고 오르더니 구름 위로 솟구쳤다.

 나타는 이홍패가 도망가는 것을 보고 즉시 풍화륜을 몰아 장계방이 들어 있는 포위망으로 짓쳐들었다. 조전 형제가 말 위에서 크게 외쳤다.

 "장계방은 일찌감치 말에서 내려 항복하라! 그러면 네 죽음을 면하게 해줄 터이다!"

 그러자 장계방이 크게 꾸짖었다.

 "이놈, 반역의 무리들아! 몸을 던져 나라에 보답하다가 목숨을 다하는 것이 충성이거늘, 어찌 너희 무리처럼 목숨을 탐하고 명예와 절개를 더럽히겠느냐!"

 이렇게 말을 마치고 창을 돌려 스스로를 찔렀다. 장계방은 한 말이나 되는 피를 쏟으며 말안장에서 굴러떨어졌다. 영혼 하나가 또다시 봉신대로 향하여 가니, 청복신이 이를 이끌고 들어갔다.

장계방이 이미 죽고 나니, 나머지 군사들 중에서 서기에 항복하는 자들이 속출했으나 청룡관으로 돌아가는 자들도 더러는 있었다. 자아는 기쁜 마음으로 성으로 돌아왔다.

자아가 승상부의 전에 오르니 장수들이 각각 그 공훈을 보고했다. 자아는 오늘의 영웅들을 보고 기뻐해 마지않았다.

한편 이흥패는 겹겹의 포위망을 뚫고 황망히 달아나고 있었다. 허나 그는 곧 4성聖의 명운을 가지고 있었으니 어찌 하늘의 큰 운명에서 벗어날 수 있으랴!

쟁녕은 한참 달려가다가 표연히 어떤 산에 내렸다. 그는 굴러 떨어질 듯이 안장에서 내려와 솔숲 바위에 의지하여 잠깐 동안 쉴 요량을 했다. 그러면서 한동안 생각에 잠겨 있더니 혼자 중얼거렸다.

'나는 구룡도에서 다년간 수련한 몸이거늘 서기에서 이런 낭패를 당할 줄 어찌 생각이나 했겠는가! 부끄러이 해도海島로 돌아간다면 무슨 낯으로 우리 도우들을 만날 수 있겠는가! 이렇게 된 바에야 조가성으로 가서 문형과 함께 의논하여 오늘의 원한을 갚아야겠다.'

그러면서 막 몸을 일으키려는데 산 위에서 어떤 사람이 노래를 부르며 다가왔다. 그가 머리를 돌려 바라보니 한 도동이었다.

하늘사신 현계玄界로 돌아와 신선되었으니,
신선되어 다니는 곳마다 푸른 하늘 바라보네.
이 말로 나를 미쳤다고 하지 말라.
뜻을 얻어 돌아갈 때는 자연과 함께하리니.

도동은 노래를 부르며 다가와 이홍패를 보더니 머리를 조아리며 말했다.
"도인께서는 어서 오십시오!"
이홍패가 답례하자 도동이 말했다.
"선생께선 어느 명산, 어느 동굴에 거처하시는지요?"
"나는 구룡도에서 도를 닦는 이홍패라는 사람이네. 장계방을 도와 서기에서 싸우다 낭패를 당했네. 그래서 여기서 좀 쉬고 있던 참일세. 도동, 그대는 어디로 가는 길인가?"
도동은 속으로 중얼거렸다.
'이것이 바로 '쇠로 만든 신발이 닳아 없어지도록 찾아다녀도 찾을 수 없더니, 얻을 때는 힘 안 들이고 얻었

다'라는 일이렷다!'

생각이 이에 미치자 도동은 크게 기뻐하며 말했다.

"나는 바로 구궁산九宮山 백학동 보현진인普賢眞人의 제자로서 목타木吒라고 한다. 스승의 명을 받들어 서기로 가서 사숙이신 자아의 문하에 들어 천자를 멸하려고 한다. 내가 막 떠나려 할 때 우리 스승께서 하신 말씀이 있다. '네가 만일 이홍패를 만나거든 그를 잡아다가 자아에게 뵈도록 하라'고 하셨는데 공교롭게도 여기서 너를 만나게 될 줄이야."

그러자 이홍패는 크게 웃어젖혔다.

"빌어먹을 놈! 어찌 네가 감히 이다지도 심하게 나를 우롱하느냐!"

이홍패가 방릉간으로 머리를 쪼갤 듯이 쳐오자 목타는 칼로 급히 막았다. 검과 방릉간이 마주 부딪쳤다. 그러다가 목타는 등에서 보검 두 자루를 뽑았는데 이름하여 '오구吳鉤'라고 하는 것이었다. 이 검은 바로 '간장干將'·'막야鏌耶'와 같은 류의 것으로 자웅으로 나뉘어 있었다.

목타는 왼쪽 어깨를 흔들며 그 웅검雄劍을 들어 공중을 갈랐다. 그렇게 하길 몇 차례 반복하니 가련하구나, 이홍패여! 천 년의 수련도 아무 쓸모없게 되어버렸고 선혈이 옷섶을 낭자하게 적셨도다.

목타는 이홍패의 시신을 덮어두고 토둔법을 써서 서기로 향했다. 그는 성에 들어서자 곧바로 승상부에 이르렀다.

수문관이 통보했다.

"웬 도동이 뵙기를 청합니다."

자아가 들여보내라고 명했다. 목타는 전 앞에 이르러 예를 올리자 자아가 물었다.

"어디에서 왔는가?"

금타가 옆에 있다가 반가워하며 말했다.

"이는 구궁산 백학동 보현진인에게서 학예를 닦은 제자의 형제 목타입니다."

"3형제가 모두 명군을 보필하고 있으니, 간편簡篇은 만년을 갈 것이요, 사책史冊도 연년세세 불후할 것이로다."

이렇게 하여 서기는 날로 강성해졌다.

한편 문 태사는 조가에서 크고 작은 여러 가지 국사를 맡아 처리하고 있었는데, 참으로 조리있고 법도있게 잘 해나가고 있었다. 그러던 중 사수관의 한영이 태사부에 들어와 보고했다. 문 태사는 그 문서를 쫘악 펴서 읽어내려 갔는데, 어느 순간 탁자를 치면서 크게 외쳐 말했다.

"도형, 그대는 무슨 일을 어떻게 했기에 비명에 죽고 말았단 말입니까!"

그러더니 그는 스스로 한탄했다.

'나는 태산과 같은 국은을 입었음에도 국사가 심히 어려움에 처해 있어 차마 마음대로 이곳을 떠날 수 없었던 것인데, 이제 이런 보고를 받고 보니 통한이 골수까지 스미는구나!'

그러면서 급히 명을 전했다.

"북을 울려 장수들을 모이라 하라."

은안전에 둥둥둥 북소리가 세 번 울리자 장수들이 문 태사를 배알했다.

문 태사가 말했다.

"저번에 내가 구룡도의 네 도우에게 장계방을 도울 것을 부탁드렸는데, 뜻밖에도 세 분이 죽고 말았소. 그리고 풍림도 진중에서 죽었다고 합니다. 오늘 그대들과 상의해 볼 것인즉 누가 국가를 위하여 장계방을 도와 서기를 깨뜨리러 나가겠소."

그의 말이 채 끝나기도 전에 좌군상장군 노웅魯雄이 늙은 나이에도 불구하고 전에 오르며 말했다.

"소장이 가겠습니다."

문 태사가 보니, 좌군상장군 노웅의 푸릇푸릇한 수염

과 흰 머리가 전을 올라오고 있었다. 이에 문 태사가 말했다.

"노 장군께선 연세가 그리도 많으시니 공을 이루지 못하실까 걱정입니다."

"허허허 태사 어른, 장계방이 비록 젊고 탁월한 전법을 가지고 있다고는 하나, 용병에 있어서 강함만을 믿고 자기의 능함만을 알아 가슴속의 비전秘傳까지 내보였으며, 풍림은 단지 필부의 재주만을 가지고 있었던 것이니, 제 몸을 잃고 마는 화를 초래했던 것입니다. 장수가 되어 병사를 이끌려면 먼저 천시를 살핀 연후에 지리를 따져보고, 그 가운데서 인화人和를 깨달아야만 하는 것입니다. 문으로써 그것을 이용하고 무로써 성취하며, 정靜으로써 지키고 동動으로써 펴내야 합니다. 또한 없어진 것을 있게 하고 죽은 것을 살게 할 수 있으며, 유약한 것을 강하게 하고 위급함을 편안케 할 수 있으며, 화를 복으로 돌릴 수도 있어야 하는 것입니다. 임기응변에 능하고 천 리나 되는 땅을 놓고 승리를 겨룸에 하늘 위로부터 땅 저 아래에 이르기까지 모르는 것이 없으며, 10만밖에 안되는 군대로도 강한 힘을 내도록 하여 그 범위를 착실히 넓혀나가야 하는 것입니다. 소장이 이번에 간다면 반드시 공을 이룰 것이니 거기에다가 한두 참군을 부장으로 주신다면 대세는 가히 정해진 거나 다름없다고 여겨지는 바입니다."

"노웅 장군은 비록 늙었다고는 하나 재질이 충분함은 익히 알고 있고 게다가 충성스런 마음까지 지니고 있습니다. 또한 참군을 선택하고자 하는 것은 기회를 명확히 분별하는 묘책을 얻고자 함이니, 비중과 우혼이 앞서는 것이 좋을 듯합니다."

문 태사는 이렇게 말하고 나서 급히 명을 내렸다.

"비중과 우혼을 참군으로 삼는다."

군정사가 두 신하를 전상으로 들도록 했다. 비중과 우혼이 예를 마치자 문 태사가 말했다.

"바야흐로 지금 장계방은 기회를 잃었고 풍림은 진중에서 죽고 말았소. 노웅이 이를 도우려 하니 그대들 둘을 참군으로 명하오. 노부가 그대들 둘을 참찬기무參贊機務로 삼을 터인즉 서기를 정벌하고 회군하는 날에는 그 공업 또한 막대할 것이오."

비중과 우혼이 넋이 나간 듯이 말했다.

"태사님, 저희는 문관의 직책을 맡고 있는 터이오라 군사일은 알지 못합니다. 나라의 중임을 잘못되게 하지나 않을까 걱정됩니다."

"두 분은 임기응변에 능한 재주를 지니고 있으며 시

무의 변화에 통달해 있으니, 군사에서도 가히 훌륭히 참군의 역할을 수행할 수 있을 것이오. 이는 노웅 장군이 미치지 못하는 바를 채워줄 수 있는 것이니, 결국 조정을 위하여 힘을 발휘하게 되는 것이오. 하물며 지금처럼 국사가 어려운 때에 군주를 보좌하고 나라를 위하는 데 어찌 이것저것 미루기나 할 수 있겠소? 여봐라, 참군인參軍印을 가져오라!"

비중과 우혼 두 사람은 올가미에 걸려든 토끼처럼 문 태사가 건네주는 인장을 받아 걸 뿐이었다. 기녀들이 차례로 술을 따랐다. 문 태사는 직첩을 발급했고, 이어 5만의 병사를 뽑아 장계방을 돕도록 했다.

노웅은 길일을 택하여 보독기寶纛旗를 펼치고 소와 말을 잡아 제를 올리니 바야흐로 출사의 날은 멀지 않았다. 며칠 뒤 노웅이 문 태사에게 작별을 고하고 포성을 울리며 군대를 일으켰다.

이때는 늦은 여름이라서 날씨가 혹심하게 더웠다. 삼군의 병사들은 철갑과 홑옷을 입고 있어서 행군하기가 몹시 어려웠고, 말들도 땀을 비오듯 흘렸다. 더구나 보졸들 역시 거친 숨을 몰아쉬고 있었다.

사방 어느 들녘에서도 바람 한 점 불어오지 않고 도처에 뜨거운 기운이 하늘로 치솟고만 있었다. 높은 산꼭

대기는 돌도 재가 되어 날릴 정도로 태양이 작열했으며, 바다에서는 파도가 부글부글 끓을 정도로 태양이 뜨겁게 내리쬐었다.

물 저 밑바닥의 고기들도 비늘이 뒤집어질 정도로 뜨거우니, 어찌 흙장난이나 진흙으로 파고드는 일 따위를 할 겨를이 있겠는가. 기왓장도 마치 냄비 밑바닥에 열을 가한 것처럼 뜨거웠으니, 철이나 돌로 만든 몸이라 하더라도 땀이 흘러내리지 않을 수 없었을 터였다.

노웅 군은 무더위를 무릅쓰고 5관을 나와 줄곧 행군하고 있었다. 그러던 중 정탐병이 노웅에게 보고했다.

"장 총병께서 기회를 놓치고 진중에서 돌아가시니 그 수급이 지금 서기성 동문에 걸려 있습니다."

노웅은 이 보고를 듣고 크게 놀라 말했다.

"장계방이 이미 죽었으니 우리 군대는 갈 필요가 없어졌다. 잠시 이곳에 군영을 펴도록 해야겠다."

노웅은 서기산의 우거진 숲속에 군영을 펼치도록 명했다. 그런 뒤 군정사에게 급히 문서를 작성하여 문 태사에게 보고하도록 했다.

한편 자아는 장계방을 참한 뒤에 서기로 돌아왔다. 하루는 자아가 승상부에 올라가 있는데 정탐병이 들어와 보고했다.

"서기산에 한 무리의 군사들이 진을 치고 있습니다."

자아는 곧 그 자세한 사정을 알게 되었다. 그런데 그는 앞서 청복신이 와서 봉신대가 이미 다 지어져 봉신방 封神榜을 걸었다는 보고를 받고, 이제 막 그 봉신대에 제를 올리려던 참이었다.

자아가 명을 내렸다.

"남궁괄 장군과 무길 등은 5천의 군사를 이끌고 기산 岐山으로 가서 길을 막고 있으시오. 그들의 군대가 넘어오지 못하도록 하라는 말이외다."

이에 두 장수는 명을 받들어 군사들을 점검하고 성을 나섰다. 포성이 한 방 울리는 곳, 70리 저 멀리 기산에 한 무리의 병마가 아득히 보였는데, 그곳에 바로 천자의 깃발이 색색으로 나부끼고 있었다.

남궁괄은 그곳에 대진하여 영채를 세웠다. 염천과도 같은 뜨거운 날씨에 전군은 제대로 서 있을 수도 없을 지경이었고, 하늘에 이글거리는 태양은 마치 불우산을 박아놓은 듯했다. 무길이 남궁괄에게 말했다.

"전군이 심히 갈증에 허덕이고 있으며 더군다나 가려줄 나무그늘마저 없으니, 삼군이 마음속에 원망을 품지나 않을까 두렵습니다."

그럭저럭 하룻밤이 지났다. 다음날 신갑이 군영에 이르러 말했다.

"승상께서 명하시기를 '인마들을 기산 꼭대기로 오르게 하여 그곳에 진영을 갖추라'고 합니다."

이에 두 장수는 다 듣고 나자 놀라움을 금치 못했다.

"지금의 날씨는 감당할 수 없을 만큼 더운데, 게다가 산에 오르기까지 한다면 죽음을 재촉하는 일이 될 것입니다!"

그러자 신갑이 말했다.

"군령을 어찌 어길 수 있겠습니까? 저는 명대로 전할 따름입니다."

할 수 없이 두 장수는 병사들을 점검하여 산을 오르도록 했다. 삼군은 견딜 수 없는 더위에 입을 쩍 벌리며 거친 숨을 내쉬었다. 가만히 서 있어도 비오듯 땀이 쏟아지는 판에, 높은 산을 오르라니 병사들의 원망이 대단했다. 게다가 밥을 지을 때에도 물조차 구하기가 불편하여 병사들의 고생은 극에 달했다.

한편 노웅이 얼핏 보니 기산 위에 웬 사람들이 진영을 차리고 있었다. 성탕의 병사들은 이를 보고 크게 웃으며 말했다.

"이런 날씨에 산 위에 진영을 세우다니, 사흘이 지나기 전에 싸우지 않고도 스스로 죽게 될 것이다!"

다음날 자아는 3천의 인마를 몰아 서기산을 향했다. 남궁괄과 무길이 산을 내려와 영접하여 산 위의 병사들과 한곳에 모이게 되었다. 8천의 인마가 산 위에서 여기저기 군막을 세웠다. 자아도 예외없이 그곳에 자리잡고 앉았는데, 참으로 더워 견디기가 어려웠다.

세상천지가 온통 불바다 같았다.

자아가 무길에게 명했다.

"영채 뒤쪽에 높이가 3척이 되는 토대土臺를 세우도록 하라. 속히 시행하라!"

잠시 뒤, 서기의 신면이 수많은 장식물들이 가득 실린 수레들을 몰고 와서 머물게 하더니 산 위로 올라 자아에게 보고했다. 자아는 병사들에게 이를 산 위로 져 나르도록 했다. 병사들이 한참 동안 멍하니 서 있을 뿐이었다.

자아는 병사들의 이름을 하나하나 불러 가져온 장식물들을 나누어주었다. 한 사람당 한 벌의 솜옷과 한 개의 삿갓이 돌아갔다. 자아가 명했다.

"지금 나눠준 솜옷과 삿갓을 입고 쓰도록 해라!"

병사들이 어이없어 하며 말했다.

"우리들에게 이것을 입으라니, 지레 죽으라는 것인가!"

그러나 명을 어길 수는 없는 일, 병사들은 서둘러 명을 따랐다. 저녁 무렵 자아는 무길로부터 토대가 다 완성되었다는 보고를 받았다. 자아는 대에 오르더니 머리를 풀어헤치고 검을 짚고는 동쪽으로 곤륜을 향하여 절을 올렸다. 그리고 북두칠성이 그려진 천을 펼치고 현묘한 법술을 행함에 주문을 외우고 부적을 펼쳤다.

자아가 법술을 행하자 삽시간에 광풍이 크게 일더니 숲 사이를 뚫고 지나는 바람소리가 천둥소리처럼 웅웅거렸다.

한편 군막 안에 있던 노웅은 광풍이 크게 일면서 무더운 여름 기운이 차츰 없어지는 것을 보고 매우 기뻐하며 말했다.

"하늘마저 우리를 돕는구려. 문 태사께서 '병사를 내어 관을 나올 바로 그때를 틈타 쳐 나가리라' 하시었다."

그러자 비중과 우혼이 말했다.

"천자의 그 넓으신 덕은 하늘과 같은가 봅니다. 이렇게 서늘한 바람으로 도와주시니."

그 바람은 한번 기세를 타더니 마치 맹호처럼 엄청났다. 바람은 사흘 동안 크게 몰아쳤는데, 사방은 점차로 삭풍 아래에서처럼 매섭고 차가워져 갔다.

삼군이 탄식하며 말했다.

"천시가 바르지 못하고 나라가 상서롭지 못하여 이런 변고가 생기는 것이다."

이렇게들 웅성거리는데, 두어 시각쯤 지났을 때 하늘에서 표표히 눈꽃이 흩뿌려 내리기 시작했다. 성탕병사들이 원망이 가득한 목소리로 탄식했다.

"우리들은 홑옷과 철갑으로 어찌 이 매서운 추위를 견딜 수 있겠는가!"

그때를 전후하여 눈발이 더욱 거세어져 하늘이 뚫린 듯 쏟아져 내렸다.

처음에 꽃잎처럼 한잎 두잎 떨어질 때는 깃털이 바람에 말려 올라가 공중에서 맴도는 듯하더니, 잠시 뒤엔 천 송이 만 송이 배꽃 같은 눈이 와르르 와르르 쏟아져 내렸다.

삽시간에 온 세상은 은빛 화장을 한 듯 눈으로 가득했다.

노웅은 중군에 있으면서 비중과 우혼에게 말했다.

"7월 초가을에 이처럼 큰눈이 내리다니, 이는 세상에서 보기 드문 일이 아닌가!"

노웅은 연로하니 어찌 이런 추위를 감당할 수 있겠

는가. 비중과 우혼 두 사람도 또한 별 도리가 없었다. 삼군이 모두 동상에 걸리게 될 지경이었다.

한편 자아는 기산 위에 있었는데, 그의 군사들은 모두 솜옷을 입고 삿갓을 쓰고 있었으므로 그 매서운 추위를 피할 수 있었다. 군사들은 강 승상의 은덕에 감격하며 감사해 하지 않는 자가 없었다. 자아가 물었다.

"눈이 몇 척이나 쌓였는가?"

무길이 대답했다.

"산 정상은 깊이가 2척 정도 되며, 산 아래는 회오리바람이 아래로 쓸어내려간 까닭인지 깊이가 족히 4~5척 정도는 되어 보인다 합니다."

자아는 다시 토대에 올라 머리를 풀어헤치고 검을 짚고서 주문을 외웠다. 그러자 공중의 짙은 구름이 흩어지면서 붉은 태양이 하늘에서 나타났다. 이글거리며 불타는 태양에 삽시간에 쌓인 눈이 녹아내려 계곡마다 격랑이 되었다. 그렇게 아래로 흐르던 거센 물은 산 아래 오목한 곳에 가득히 고였다. 이를 말해 주는 시가 있다.

진화眞火는 다름 아닌 태양이었고
초가을 쌓인 눈은 드넓은 바다로 변했네.

옥허궁에서 비전한 묘법은 무궁하기도 하여,
은나라 군사를 모두 얼어죽게 했네.

자아는 눈 녹은 물이 급류가 되어 산 아래로 굽이쳐 흘러내려가는 것을 보고 급히 부적을 펼치니 또다시 큰 바람이 일었다. 또 먹장구름이 순식간에 쫙 퍼지더니 어느새 태양을 가려버리고 말았다.

바람이 미친 듯이 다시 불었다. 매서운 추위는 더욱 심해져 엄동설한을 방불케 했다. 삽시간에 기산은 하나의 거대한 얼음덩어리로 변했다.

자아는 군영에서 나와 은상진영의 깃발과 군막들이 모두 바닥에 널브러져 있는 것을 보면서 남궁괄과 무길 두 장수에게 명했다.

"도부수 20명을 데리고 산을 내려가 우두머리 장수를 잡아오시라."

이에 두 장수는 산을 내려가 곧바로 적진으로 쳐들어갔다. 삼군이 모두 얼음 속에 얼어붙어 있었고 죽어가는 자들 또한 매우 많았다. 노웅·비중·우혼 등 세 장수는 중군에 있었는데, 도부수들이 앞으로 나아가 끌어내니 마치 주머니에서 물건 끄집어내는 것과 같았다.

四天王遇丙靈公

사천왕이 병령공을 만나다

남궁괄과 무길은 노웅 등 세 사람을 원문까지 끌고 와 보고했다. 자아가 "끌고 오라"고 명했다. 노웅은 바른 자세로 꼿꼿이 섰고, 비중과 우혼 둘은 꿇고 앉았다.

강자아가 말했다.

"노웅 장군! 시무에 밝아야 하고 천심을 따라야 하며, 큰 도리에 밝아야 하고 참과 거짓을 가릴 줄 알아야 하지 않소이까? 바야흐로 이제 세상이 천자의 사악함을 저주하고 있는 터라, 천자를 버리고 서주로 돌아옴이 그 3분의 2나 되고 있소. 어찌 고생스럽게 하늘을 거역하여 그 몸에 화를 자초하시오? 이제 이미 이렇게 사로잡혔으니 또 무슨 할 말이라도 있소?"

이에 노웅이 크게 소리쳤다.

"강상 이놈! 네 일찍이 천자의 신하로 그 직위가 대부에까지 올랐음에도, 이제 와서 군주를 버리고 다른 영화를 구하다니 참으로 한심한 양심 없는 자로다. 내가 지금 포로가 되긴 했으나 주군의 녹을 받은 몸, 주군의 어려움을 위해 죽는 것은 당연한 일이니 내 오늘 죽을 따름이거늘 또 무슨 말이 더 필요하단 말이냐!"

그러자 자아는 진영 뒤쪽에 가두어두라 명하고 또 다시 토대로 올라가서 북두칠성이 그려진 천을 펴고, 곧이어 짙게 드리운 구름을 몰아내니 태양이 드러났다. 태양은 불처럼 뜨거워 기산 아래의 얼음이 차츰 쪼개져 갔다. 나중에 헤아려 보니, 5만의 병마 가운데 얼어죽은 자가 3만 2천이나 되었고 나머지는 모두 5관으로 도망쳐 갔다.

자아는 남궁괄을 서기성에 보내 무왕을 기산으로 모셔오도록 했다. 그리하여 남궁괄은 말을 달려 성으로 들어가 왕을 알현했다. 예를 마치자 무왕이 말했다.

"상보께서 기산에 계시는데 날씨는 화염처럼 뜨겁고 땅에는 그늘 하나 없으니, 삼군의 노고가 이만저만 아니겠군. 그래 경은 무슨 일로 나를 만나러 온 것이오?"

"신은 승상의 명을 받들어, 대왕께서 기산에 납시기를 청하러온 것입니다."

무왕은 이에 문무백관을 거느리고 기산으로 향했다.

왕 일행이 채 20리도 못 갔을 즈음 양쪽 도랑으로 얼음조각들이 떠내려 오는 것이 보였다. 왕이 깜짝 놀라 어찌된 일이냐고 묻자 남궁괄이 그 동안의 일을 상세히 설명했다. 듣고 난 무왕이 탄복했다.

"강 승상은 참으로 하늘이 낸 인물이구려!"

군신들이 70리를 더 가자 기산 아래에 이르게 되었다. 자아가 무왕을 마중했다.

"상보께서 날 부르시니 무슨 상의할 것이라도 있습니까?"

"대왕께서 친히 기산에 제를 올려주시기 바랍니다."

"산천에 제사를 지내려면 정례正禮를 갖추어야 하오."

이윽고 무왕이 산에 올라 군막 안으로 들었다. 자아는 곧 제문祭文을 써내려갔다.

왕은 그날 봉신대에 제를 올리는 것인 줄 모르고 있었다. 자아가 그저 기산에 제를 올려야겠다고만 말한 것이었다. 향을 피울 대가 놓이고 무왕이 향을 살랐다.

자아는 세 사람을 끌어오도록 명했다. 무길이 노웅·

비중·우혼을 끌고 왔다. 자아가 "참수하고 보고하라!"고 명하자, 삽시간에 세 개의 수급이 바쳐졌다. 왕이 크게 놀라며 말했다.

"아니, 상보! 산에 제를 지내는데 어찌하여 사람을 참수하는 것이오?"

"이 두 사람은 성탕의 신하 비중과 우혼이라는 자들입니다."

"간신배들이라면 참하는 것이 마땅한 도리지."

이리하여 자아는 한때 그가 쳐준 점이 옳았음을 증명했다. 비중과 우혼은 한때 천하를 호령하던 세력이었으나, 결국 간신배의 비참한 최후는 피할 수 없었던 것이다. 그들에 의해 비참한 죽임을 당한 사람들이 비로소 원한을 거둘 수 있었다.

제를 지낸 뒤 자아와 왕은 서기성으로 회군했다.

한편 노웅의 패잔병들은 관새를 넘어 조가까지 도망했다. 문 태사는 부중에서 각 지역 전통문을 훑어보고 있었는데, 그가 막 삼산관 등구공鄧九公의 보고서에 쓰인 '남백후를 대패시키다'라는 글귀를 보고 있을 때였다.

"사수관 한영韓榮의 보고가 들어왔습니다."

올려보내라 하여 문 태사가 쫙악 펼쳐보더니 발을

동동 구르며 외쳤다.

"서기의 강상이라는 놈이 이다지도 흉악할 줄이야! 장계방을 죽이더니, 또 이번에는 노웅을 잡아 기산에서 효수했구나. 어찌 이다지도 방자하게 날뛰고 있단 말이냐? 내 친히 정벌을 나가고자 해도 동·남의 두 곳에서 아직 전화가 그치질 않고 있으니 참으로 안타까운 노릇이로구나!"

곧 길립吉立과 여경余慶에게 일러 말했다.

"이제는 누구를 파견하여 서기를 치도록 한단 말인가?"

이에 길립이 대답했다.

"태사 어른, 서기의 강상은 지혜와 책략이 뛰어난 듯하고 병사들은 정예병이고 장수들은 용맹한지라, 장계방도 패했고 심지어 구룡도의 네 도인들마저도 승리하지 못했습니다. 이제 영패令牌를 내시어 가몽관佳夢關의 마가魔家 네 장수로 하여금 정벌토록 하신다면, 아마도 대공을 이루실 것입니다."

태사가 이 말을 듣더니 무릎을 치며 기뻐했다.

"내가 왜 그들을 생각하지 못했을꼬? 이 네 사람이 아니면 이런 대악大惡을 처리하지 못할 것이다."

이에 급히 영패를 냈다. 또 좌군대장인 호승胡陞과 호뢰胡雷를 뽑아 관을 수호하는 임무를 교대하게 했다. 하루도 안되어 전령이 가몽관에 도착했다.

"문 태사의 긴급공문이 있습니다."

마가 네 장수가 문서를 받아 펼쳐보더니 크게 웃으면서 말했다.

"태사께서 수십 년간이나 용병을 하시고서도 오늘 같은 실수를 하시다니! 서기엔 단지 강상과 황비호 같은 자들밖엔 없을 것이니, 닭 잡는 데 어찌 소 잡는 칼을 쓸 것인가?"

이리하여 전령을 먼저 돌려보내고, 형제 넷은 정예병 10만을 선발하여 즉시 군대를 일으켰다. 그런 다음 호승·호뢰에게 창고의 전량錢糧을 인수인계하는 일들도 단숨에 마쳐버렸다.

마가 네 형제는 호승에게 작별을 고했고, 포성 한 방을 울리니 대부대의 인마가 출발하기 시작했다. 호호탕탕 그 소리는 대지를 진동시켰다.

마가 네 장수의 군대는 낮에는 가고 밤에는 머물면서 행군했다. 주와 부를 지나고 산마루를 넘고 오르길 하루도 그치지 않았다.

막 도화령桃花嶺이라는 곳을 통과할 무렵이었다. 전초병이 중군에 보고했다.

"사령관께 아뢰오. 군대가 서기성 북문 앞에 이르렀

으므로 어찌해야 할지를 청합니다."

그러자 마례청魔禮靑이 명했다.

"진영을 펼치고 영채를 세우도록 하라."

삼군은 포성을 울리며 일제히 함성을 질렀다.

한편 자아가 기산을 얼게 한 뒤부터 군대의 위엄은 더욱 강성해지고 장수와 사졸들은 더욱더 영웅의 기개를 갖추게 되었다. 또한 천심에 따르니 사방에서 마음으로 귀순하는 영웅호걸들이 구름처럼 몰려들었다.

자아가 군정정황을 막 토의하고 있을 때였다. 홀연 승상부로 정탐병의 보고가 날아들었다.

"마가의 네 장수가 군대를 이끌고 와서 북문에 진채를 세웠습니다."

이에 자아는 대소 장수들을 모두 모아 적을 격퇴시킬 계책을 논의했다. 자아가 마가들에 대하여 묻자 무성왕 황비호가 앞에 나와 아뢰었다.

"승상! 가몽관의 장수 넷은 형제지간입니다. 모두 이인으로부터 기이한 술법과 변신술을 비전받았기 때문에 대적하기가 지극히 어려울 것 같습니다. 맏이는 마례청이라는 자로서 키는 2장 4척이나 되고 얼굴은 흡사 게처럼 생겼으며 수염은 구리줄과 같이 빳빳합니다. 그는 긴 창을 사용하며 말을 타지 않고 싸웁니다. 전수받은 보검이 있는데 '청운검青雲劍'이라 합니다. 검의 위쪽에는 인장이 새겨져 있고 가운데는 '지地·수水·화火·풍風'의 네 자로 나뉘어져 있는데, 여기에서 풍이란 곧 흑풍으로 그 바람 안에는 수천수만 개의 창이 들어 있습니다. 만일 이 검을 만난다면 사지가 반드시 가루가 되어버릴 것입니다. 화火로 말하자면, 공중에서 금사金蛇가 요동을 치면서 온 천지가 검은 연기에 둘러싸이게 됩니다. 이 연기는 사람의 눈을 가리면서 뜨거운 불로 태워죽이니 무엇으로도 이를 막을 수 없습니다."

다음은 누구입니까?

"또 마례홍魔禮紅이라는 자는 우산모양의 물건을 하나 비전받았는데 이는 혼원산混元傘이라 합니다. 이 혼원산 위쪽에는 화청옥花青玉과 야명주夜明珠·벽진주碧塵珠·벽화주碧火珠·벽수주碧水珠·소량주消凉珠·구곡주九曲珠·정안주定顔珠·정풍주定風珠 등이 달려 있으며, 또 진주珍珠에는 '장재건곤裝載乾坤'이라는 네 개의 글자가 새겨져 있습니다. 무릇 이 혼원산을 펴지 못하게 해야 합니다. 그것이 펼쳐지게 되면 하늘과 땅이 모두 어두워지고 일월도 그 빛을 잃게 됩니다. 게다가 그것을 돌리면 하늘과 땅이 제멋대로 요동을 치게 됩니다."

"그 다음 두 사람은 어떻습니까?"

"또 마례해魔禮海라는 자가 있는데, 그는 창을 사용하고 등에는 비파를 지고 다닙니다. 그 비파는 네 개의 현으로 되어 있는데 이것도 역시 '지·수·화·풍'에 해당되는 것입니다. 현을 튕겨 소리를 내면 풍화風火가 몰아치게 되는 것으로 이 또한 청운검과 같은 위력이 있는 것입니다. 마지막으로 마례수魔禮壽라는 자가 있는데 그는 두 개의 채찍을 사용합니다. 그리고 주머니 속에 흰쥐처럼 생긴 물건을 넣어가지고 다니는데 이를 '화호초花狐貂'라고 부릅니다. 이것을 공중에 던지면 흰 코끼리처럼 현신하는데, 겨드랑이에 날개가 돋쳐 있으며 사람들을 모두 잡아먹어 버립니다. 만일 이 네 장수가 서기를 치러 온다면 아군이 승리를 얻지 못할까 두렵습니다."

"장군께서는 어떻게 그것을 아셨습니까?"

"이 네 장수는 옛날에 소장의 막하에 두고 있었는데, 동해를 정벌하러 나갔을 적에 알게 되었습니다. 지금 승상께서 하문하심에 아는 대로 말씀드립니다."

자아는 다 듣고 나자 심려가 대단했다.

한편 마례청은 세 동생들에게 말했다.

"이제 왕명을 받들어 저 흉적들을 정벌하는 데 사흘 안에 나라를 위해 필히 대공을 세울 것이다. 그리하면 문태사께서 우리를 천거해 주신 의리도 배반하지 않을 것이다."

그날 형제는 즐거이 술을 마시고, 다음날 아침 일찍 포성과 북소리를 울리며 원문 앞에 서서 자아를 불렀다.

정탐병이 이를 보고했다.

"마가의 네 장수가 싸움을 걸고 있습니다."

자아는 그들이 대단한 위력을 갖고 있다는 황비호의 말을 듣고 있었기에, 장병들은 패할 것을 두려워하여 아직 결정하지 못하고 있었다. 이때 금타·목타·나타가 곁에 있다가 말했다.

"사숙, 설마 황 장군의 말씀 때문에 접전조차 하지 않고 말머리를 돌리는 것은 아니겠지요? 복과 덕이 서주에 있고 하늘의 뜻이 돕는데, 임기응변하면 될 것이지 어찌 구경꾼처럼 가만히 앉아 있을 수 있겠습니까?"

이 말에 자아는 문득 깨닫는 바가 있어 명을 내렸다.

"각처에 깃발을 펼치라. 대오를 갖추어 성을 나가 전투에 임할 준비를 하라."

마가의 네 장수는 자아가 출병함에 법도가 있고 기강이 삼엄한데다가 사불상이 군의 앞쪽에서 오고 있는 것을 보았다.

자아는 진 앞에 나와서 몸을 구부리며 말했다.

"네 장군께서는 마 원수들이시지요?"

이에 마례청이 말했다.

"강상, 그대는 종묘사직을 지키지 않았고 헛된 마음을 품어 화란을 일으켰구나. 게다가 반역하여 도망한 자를 거두어 주는 등 조정의 기강을 무너뜨리고 있구나. 또한 나라의 기둥인 노웅을 죽여 효수한 것은 심히 무도한 일이니, 이는 스스로 멸망을 자초할 일이다. 오늘 이렇게 천자의 군사들인 천병天兵이 이르렀음에도 무기를 거꾸로 들고 머리를 내어놓지 않는구나. 이렇게 저항하려는 마음을 버리지 않는다면 기주성은 박살나서 가루가 될 것이로다!"

자아가 말했다.

"원수의 말씀은 틀렸소이다. 우리들은 법을 지키고 공사公事를 받드는 은나라의 신하들로 서토에 봉읍까지 받았는데 어찌하여 반역도들이라고 몰아붙이십니까? 지금 조정에서는 간사한 대신들의 말만 믿고 여러 차례 서기를 공격했습니다. 그러나 승패의 일도 바로 조정대신들이 초래한 결과인 것입니다. 또한 우리들은 한 사람의 병사도 결코 5관을 범한 적이 없었습니다. 그런데 지금 원수들 또한 죄명을 덧씌우고 있으니 우리 군신이 어찌 이에 천자의 품으로 들 수 있겠소이까?"

그러자 마례청이 크게 노하여 말했다.

"감히 그렇게 교묘한 혓바닥을 놀려 대신들을 욕보이느냐! 어찌하여 눈앞에 벌어질 멸국의 화를 생각지 못하느냐!"

이렇게 말하면서 큰걸음으로 창을 휘두르며 자아를 향해 짓쳐나왔다. 이때 좌측에 있던 남궁괄이 칼을 춤추며 말을 몰아 달려오면서 외쳤다.

"우리 본진을 건드리지 마라!"

그는 철검을 휘두르며 급히 대적해 나갔다. 두 사람의 병기가 교차되었으니, 칼과 극이 한데 어우러졌다.

또 마례홍이 여유있는 행보로 방천극을 휘두르며 짓쳐 나오자, 자아의 진영에 있던 신갑이 도끼로 그에 맞섰다. 마례해가 창을 휘두르며 곧바로 쳐오자, 나타가 풍화륜을 타고 화첨창을 휘두르며 이를 막았다. 마례수는 두 개의 철봉을 춤추며 맹호가 머리를 흔드는 듯한 기세로 쳐나왔다. 이때 은빛투구에 흰 갑옷을 입고 백마를 탄 무길이 긴 창으로 진 앞에서 이를 막았다. 이리하여 참으로 웅장한 한바탕의 대전이 벌어졌다.

양쪽 진영에서는 연신 징소리·북소리가 울리고 사방 어디나 군사들의 함성으로 가득했다. 새벽부터 아침나

절이 될 때까지 태양마저도 그 빛을 잃은 듯 무색해졌고, 아침녘인데도 삽시간에 온 천지가 어둠에 싸였다.

나타는 마례해가 꼼짝 못하도록 창을 휘둘렀다. 다른 손으로는 건곤권을 꺼내 공중에 던져 그를 맞추려 했다. 바로 이때 마례홍이 이를 보고 급히 진 밖으로 몸을 솟구치더니 혼원진주산混元珍珠傘을 활짝 펼쳐 나타의 건곤권을 먼저 거둬가 버렸다.

금타는 동생의 보기寶器가 빼앗기는 것을 보고 급히 둔룡장遁龍椿을 써보았으나 그것마저도 쉽사리 빼앗기고 말았다.

자아는 타신편을 공중에 날렸다. 이 타신편은 신만을 칠 수 있는 것으로 신선이나 사람에게는 효용이 없었다. 이들 사천왕은 모두 석문釋門 사람들로 타신편으로는 때릴 수가 없었다. 오히려 이번에도 타신편을 빼앗기고 말았다. 이에 자아는 대경실색하고 말았다.

마례청은 남궁괄과 싸우고 있었는데 갑자기 창을 거두고는 진 밖으로 튀어나갔다. 그러더니 청운검을 번득이며 서너 차례 왕래하자, 흑풍이 회오리치며 수만의 칼날과 창들이 날아왔다. 그 웅웅거리는 소리가 가히 고막을 찢어놓을 듯했다.

마례홍은 형이 청운검을 쓰는 것을 보더니 또다시 진

주산을 펼쳐 계속해서 서너 차례 돌렸다. 그러자 몇 치 앞도 볼 수 없는 암흑이 천지를 뒤덮어버리고, 하늘과 땅을 무너뜨리는 듯했다. 뜨겁게 타오르는 화염과 연기 자욱하니 검은 안개만이 보일 따름이었다.

화염은 인정을 두지 않았다. 금색 뱀들 즉 금사金蛇는 공중을 떠돌며 서기의 목숨을 노렸다. 화광이 온 천지를 가득 메우며 너울댔다.

그뿐만이 아니었다. 마례해는 지수화풍의 비파를 퉁겼고, 마례수는 화호초花狐貂를 공중에 날렸다. 그러자 한 마리의 흰 코끼리 형상이 나타나 긴 어금니를 흔들어대면서 마구 군사들을 밟아댔다. 너울대는 불꽃은 무정하게도 서기의 여러 장수들을 패배시켰으며 삼군 또한 그 재앙을 벗어나지 못했다.

흑풍 회오리가 일고, 화염이 솟구쳐 올라 사람과 말들이 마구 뒤엉키는 아비규환을 보고 자아는 전군을 후퇴시키지 않을 수 없었다. 이에 마가 네 장수들은 그들의 군대를 휘몰아 앞으로 짓쳐나왔다.

가련하게도 병사들은 고통에 울부짖었고 장수들은 혹은 죽고 혹은 부상을 당했다. 주인을 잃은 전투마들은 고삐가 풀린 채 나뒹굴었다. 진영의 앞이건 뒤건 땅 위에는 동강난 시체들이 널브러져 산을 이루었다.

마가의 네 장수는 한 번 싸움으로 서주병사 1만 여를 손상시켰고, 장수 아홉을 죽게 했으며, 부상을 입힌 자만해도 열에 아홉이었다.

자아는 사불상을 타고 하늘로 날아 달아났고, 금타와 목타는 토둔법으로 달아났다. 나타도 풍화륜으로 달아났고, 용수호는 물속으로 뛰어들어 목숨을 부지했다. 그러니 여러 장수들 중에 아무런 술법도 없는 자들은 무슨 수로 이 아비규환을 벗어날 수 있었겠는가?

자아가 성으로 패주해 들어가 여러 장수들을 점검해 보니 대부분 부상을 입고 있었다. 문왕의 아들 여섯이 죽었으며 세 명의 부장 또한 목숨을 잃었다.

자아의 상심은 이만저만한 것이 아니었다.

한편 마가의 네 장수는 군대를 거두어 승전고를 울리며 진영으로 돌아갔다. 회군한 뒤 그들은 막사에 모여 서기를 취할 대사를 논의했다.

마례홍이 말했다.

"내일 병마를 점검하여 성을 공격합시다. 전력을 다해 공격해 나가면 오래지 않아 가히 깨뜨릴 수 있을 것이며 자아 또한 사로잡을 수 있을 것입니다. 그리되면 자연히 무왕도 목을 내놓게 될 것입니다."

그러자 마례청이 말했다.

"현제의 말이 매우 지당하네."

다음날 마가의 네 형제는 다시 원문을 떠나 출병했다. 성을 포위한 채 울리는 함성은 천지를 뒤흔들었으며 '자아'를 부르는 소리가 온갖 생령들의 합창소리 같았다.

마례청이 명했다.

"사방에 운제雲梯를 걸치고 화포를 쏘아 공격하라."

바야흐로 사태가 벼랑 끝처럼 위급하게 전개되고 있었다.

한편 자아는 급히 금타·목타와 용수호·나타·황비호 등 부상을 입지 않은 장수들을 성루로 올려보내 잿가루를 퍼붓고 돌덩이를 던지고 불화살을 당기고 쇠뇌를 놓고 장창으로 내지르는 등 온갖 방어수단을 동원해 밤낮으로 방비토록 했다.

마가의 네 장수가 네 성문을 사흘 동안이나 공격해도 성은 쉽게 떨어지지 않았다. 도리어 그쪽 사졸들만 상하게 되었다. 그리되자 마례홍은 잠시 퇴각을 명하지 않을 수 없었다. 그날 저녁 늦게 네 형제가 모였다.

"강상은 곤륜에서 수업을 하여 용병에 능합니다. 까짓것 힘들여 성을 공격하지 말고 그저 저놈들이 지쳐서 나가떨어지도록 만듭시다. 성 안에 식량이 다 떨어지고 밖에서 구원군도 오지 않는다면 저 성은 저절로 무너지고 말 것입니다."

마례청이 말했다.

"아우들의 말에 일리가 있네."

이에 마가군은 마음을 느긋하게 갖고 성을 포위하고 안팎에서 서로 호응하지 못하게 하는 데 진력했다.

눈 깜짝할 새에 두 달이라는 세월이 흘렀다. 그렇게 세월만 흘렀을 뿐 그들이 뜻했던 바대로 일은 성사되지 않았다. 그러니 네 장수의 마음은 점차로 초조해지기 시작했다.

"문 태사께서 우리에게 서기를 정벌하라 명하셨는데, 이제 거의 두세 달이 다가도록 저 성 하나를 깨뜨리지 못하고 있네. 10만이나 되는 군대가 매일같이 엄청난 군비를 소비해대고 있으니, 만일 태사께서 아신다면 체면이 말이 아닐 것이다. 좋다, 오늘 밤 초경에 우리 형제들이 각각의 다른 술법을 공중에서 펼쳐 서기를 발해渤海의 소용돌이 속으로 날려보내도록 하자."

이에 다른 형제들이 모두 동의했다.

한편 자아는 승상부에서 만일의 변고로 또 패할까

두려워 무성왕 황비호와 후퇴계책을 논의하고 있었다. 그때 홀연히 광풍이 크게 일더니 보독번寶纛旛 깃대가 '뚝' 하고 부러져 나갔다. 크게 놀란 자아는 급히 향을 사르고 금전으로 팔괘를 짚어보더니, 이내 얼굴이 흙빛으로 변했다. 그는 서둘러 목욕재계를 한 뒤에 옷을 갈아입고 향을 사른 다음 곤륜을 향하여 절했다.

자아가 머리를 풀어헤치고 두 손으로 검을 짚은 채 주문을 외우자 바다가 움직여 서기를 덮어씌웠다. 이는 옥허궁의 원시천존이 서기의 사태를 미리 알고 유리병 속에 들어 있던 정수靜水를 한 번 흩뿌린 결과였다. 이른바 삼광신성三光神聖이라고 하는 것이다.

한편 마가형제들은 3경이 될 때까지 바닷물에 덮인 서기성 앞에서 저마다 기이한 법보를 펼쳐보인 뒤에야 진영으로 돌아갔다. 서기성이 물에 초토화가 되었으리라 생각하고 성을 수습한 뒤 다음날로 회군할 요량이었다.

그날 밤 자아의 여러 장수들은 밤새 편안히 잘 수가 없었다. 아침이 되자 자아는 해수海水를 북해로 돌려보냈다. 그러자 성은 전과 같은 모습 그대로 털끝 하나 다친 곳 없이 나타났다.

마가의 군영에서는 장교들이 서기성 위의 풀 한 포

기도 뽑혀 있지 않은 것을 보자 급히 네 장군에게 보고했다.

"서기성은 전혀 손상을 입지 않았습니다."

네 장수가 크게 놀라 일제히 밖으로 나와 살펴보니 과연 그러했다. 네 사람은 어찌 해볼 도리도 없었고 한 가지 계책도 펼 수 없었다. 그저 전처럼 인마로 하여금 서기성을 포위하는 수밖에 없었다.

또다시 새가 날고 토끼가 달려가듯이 두 달이 지났다. 자아는 포위를 당하고 있어 군대를 돌릴 방법이 없었다. 이럴 즈음 식량을 관장하는 독량관이 자아를 뵙고 예를 갖추어 말했다.

"삼제창三濟倉 창고에 식량이 떨어져 이제 겨우 열흘을 버틸 수 있는 식량만이 남아 있을 뿐입니다. 승상께서는 유념해 주시기를 바랍니다."

그러자 자아가 놀라 말했다.

"군대가 성을 포위하고 있는 일은 작은 일이나, 성 안에 식량이 떨어지는 것은 실로 큰일이로다. 이를 어찌 하면 좋단 말인가!"

이에 무성왕 황비호가 말했다.

"승상께서는 백성들에게 널리 알리십시오. 그들 가운데 부유한 자들은 반드시 양곡을 많이 쌓아두고 있을 것이니, 어떤 이에게는 3·4만 석을, 어떤 이에게는 5·6만 석을 빌렸다가 적들을 물리치고 난 뒤에 이자를 더해 갚아준다고 하면 잠시나마 위기를 면할 수 있을 것입니다."

"아니됩니다. 내가 만일 사실을 알린다면 백성들과 병사들이 혼란에 빠지게 될 것이니, 안에서 예기치 못한 변고가 생겨날 수도 있습니다. 아직 열흘 정도는 버틸 양식이 있다고 하니 다시 생각해 보도록 합시다."

자아는 이렇게 말하고 그 일을 행하지 않았다.

또 모르는 사이에 7·8일이 지났다. 자아는 이제 이틀 분의 식량밖에 남지 않았다는 것을 알고 처참한 마음이 되었다. 바로 그날 두 명의 도동이 찾아왔다. 하나는 붉은색 옷을 입고 있었고, 다른 하나는 푸른색 옷을 입고 있었다.

그들은 승상부의 문 앞까지 와서 문지기에게 물었다.

"번거롭겠지만 좀 통보해 주시오. 강 사숙을 뵙고자 합니다."

이에 문지기 관리가 승상에게 보고했다. 자아가 들여보내도록 명했다. 두 명의 도동은 전에 오르면서 "사숙!"이라 불렀다. 자아는 이에 답례하며 말했다.

"두 분은 어느 명산, 어느 동굴에서 오셨소? 오늘 서기에 온 것은 무슨 가르침이 있어서이오?"

그러자 두 동자가 대답했다.

"제자들은 바로 금정산金庭山 옥옥동玉屋洞 도행천존道行天尊의 제자들입니다. 저의 이름은 한독룡韓毒龍이라 하며, 사제의 이름은 설악호薛惡虎라 부릅니다. 오늘 사부님의 명을 받들어 양식을 가져왔습니다."

자아가 반가움에 앞서 깜짝 놀라 물었다.

"아니, 양식이 어디에 있단 말인가?"

"저희 몸에 지니고 왔습니다."

두 동자는 이렇게 말하면서 은낭銀囊 즉 배낭에서 서간을 꺼내 자아에게 올렸다. 자아는 그 글을 보더니 크게 기뻐하며 말했다.

"일이 위태로운 지경에 이르게 되면 저절로 고인高人이 돕는다고 사존께서 가르침을 주시더니, 과연 그 말씀대로구나!"

이윽고 도동들은 은낭에서 주둥이가 넓은 한 되들이 소쿠리를 꺼냈는데, 그 속에는 한 되 쌀밖에 들어 있지 않았다. 여러 장수들은 감히 웃지도 못하고 의아해 했는데, 자아가 한독룡에게 명했다.

"친히 삼제창에 가져다주고 돌아와 보고하시게."

잠깐 사이에 한독룡이 다녀와서 자아에게 "가져다주었습니다"라고 보고했다. 그런 뒤 두 시각도 채 안되었을 때였다. 창고관리가 와서 보고했다.

"삼가 승상께 아뢰옵니다. 삼제창이 꼭대기 공기창틀 위까지 쌀로 꽉 들어찼습니다."

이에 자아는 크게 기뻐했다. 장수들은 이 또한 서주의 길조라 생각하여 함께 즐거워했다. 자아는 양식도 풍족하고 장수도 많아졌으며 병졸들도 더 늘어났으나, 마가 네 장수의 기보奇寶에 어찌 대처해야 할지 방법이 없어, 그저 서기성을 굳게 지키면서 경거망동하지 않을 뿐이었다.

한편 마가 형제들은 다시 또 두 달이 지나 거의 1년이 가까워지도록 공을 이루지 못하자 심히 초조해졌다. 그리하여 이제는 문서를 꾸며 문 태사에게 자아가 비록 잘 싸우기도 하지만 지금은 수비에도 능하다고 보고했다.

하루는 자아가 승상부에 있으면서 군공을 논하는 대사를 상의하고 있을 때였다. 갑자기 보고가 들어왔다.

"웬 도인이 뵙고자 합니다."

자아가 "들여보내라"고 명했다. 이 도인은 선운관扇雲冠을 쓰고 수합복水合服을 입었으며 허리는 명주실로 묶고 있었고 삼신을 신고 있었는데, 처마 밑에 이르러 절을 올리며 "사숙!"이라고 칭했다. 자아가 물었다.

"어디서 오시었소?"

"제자는 바로 옥천산玉泉山 금하동金霞洞 옥정진인玉鼎眞人의 문하로서 이름은 양전楊戩이라 합니다. 이제 스승의 명을 받들어 사숙의 좌우에서 쓰임받기 위해 왔습니다."

자아는 크게 기뻐했다. 보아하니 양전은 보통사람을 뛰어넘는 대단한 사람인 듯했다. 양전은 여러 도문들을 두루 만나보았다. 무왕을 알현하고 나서 돌아와 물었다.

"성 밖에서 군사들을 주둔시키고 있는 자들이 마가 형제라지요?"

자아는 마가의 네 장수가 쓰는 '지·수·화·풍'의 물건들에 대해 상세히 설명했다.

"그래서 이렇게 면전패免戰牌를 걸어놓고 있다네."

그러자 양전이 말했다.

"제자가 왔으니 사숙께선 '면전'이라는 두 글자를 떼십시오. 제가 마가 네 장수를 만나게 되면 곧 그들이 과연 어떤 자들인지를 알게 될 것입니다. 싸움을 하지 않는다면 어찌 임기응변을 할 수 있겠습니까?"

자아는 이 말을 듣고 매우 기뻐하며 곧이어 면전패를 떼라고 명했다.

그 시각 마가진영의 정탐병이 진영으로 들어가 보고

했다.

"서기에서 면전패를 거두었습니다."

그러자 마가의 네 장수들은 드디어 결전의 날이 왔다고 생각하여 크게 기뻐했다. 즉각 출진하여 싸움을 걸었다. 자아는 양전에게 출전을 명했다. 성문이 열리는 곳에서 양전이 말을 몰아 나왔다. 네 장수의 위풍은 늠름한 것이 하늘을 찌를 듯했고, 살기가 등등하여 북두성을 위협하는 것만 같았다.

네 장수는 서기성에서 한 사람이 나오는 것을 보았다. 그는 도인인 듯 아닌 듯, 속인인 듯 아닌 듯했는데, 선운관을 쓰고 도복에 명주실을 두른 채 백마를 타고 있었다.

마례청이 물었다.

"게 오는 게 웬 놈이냐?"

"나는 강 승상의 사질師侄인 양전이라는 사람이다. 네게 무슨 재주가 있기에 이 따위로 흉악하고 기괴한 짓거리를 해대며 좌도의 술수로 사람을 해치느냐? 당장이라도 내가 얼마나 무서운가를 알도록 해주마. 네놈들은 죽어서도 묻힐 곳이 없으리로다!"

"고약한 놈, 주둥아리가 달렸다고 함부로 지껄이는구나. 네놈이 한 말이 바로 내가 하고 싶었던 말이다."

마례청이 말을 몰아 창을 휘두르며 달려갔다. 다른

세 형제가 맏형을 도와 싸움에 나섰다. 네 장수는 양전을 포위하여 협공을 가해왔다. 싸움은 점점 무르익었다.

한편 초주楚州에 식량을 관장하는 관리가 하나 있었다. 그는 마침 서기로 양식을 가져와 막 서주진영으로 들어가려다가 전투로 길이 막혀 있음을 알게 되었다. 이 사람의 이름은 마성룡馬成龍이었는데, 그는 두 개의 칼을 썼으며 적토마赤兎馬를 타고 있었다. 그는 심성이 매우 용감하여 전투로 길이 막힌 것을 보자 대갈일성하며 "내가 간다!" 하고 달려들었다. 그의 말은 즉시 포위망 안으로 뛰어들었다.

마례수는 웬 장수 하나가 짓쳐오는 것을 보더니 크게 노하여 10합도 채 되기 전에 화호초를 꺼내 공중에 던졌다. 그러자 한 마리의 흰 코끼리가 나타나 시뻘겋게 딱 벌린 입으로 날카로운 칼날 같은 어금니를 드러내놓았다. 흰 코끼리는 사람들을 마구 짓이기며 돌아다녔다.

그리하여 한바탕 소용돌이가 일더니 마성룡은 반 토막이 되어 짓밟히고 말았다. 양전은 이 광경을 지켜보다가 속으로 웃으며 생각했다.

'오호라, 이 빌어먹을 놈이 이런 재주를 가지고 있었구나!'

마가의 네 장수는 양전에게 구전련취원공九轉煉就元功이 있는 줄도 모르고 또다시 화호초를 사용했다. 한 차례 꽹음이 울리더니 양전의 몸뚱이 반 토막이 잘려나가고 말았다.

옆에 있던 나타는 사태가 불리해지자 성으로 들어가 강 승상에게 보고했다.

"양전이 화호초에게 잡아먹혔습니다."

소식을 접한 자아는 낙심천만이었다.

"아아, 누가 있어 저 마가형제를 대적한단 말인가?"

한편 승리를 얻어 진영으로 돌아간 마가의 네 장수는 주연을 열어 자축했다. 그렇게 먹고 마시다가 2경이 되었을 무렵 마례수가 말했다.

"장형, 오늘 화호초를 성 안에 던져넣읍시다. 그래서 강상과 무왕을 삼켜버리면 대사는 우리 뜻대로 될 것입니다. 그리되면 승전군을 이끌고 왕도로 돌아갈 수 있을 것이니, 어찌 저들과 더불어 죽기로 싸울 필요가 있겠습니까?"

"왜 일찍 그것을 몰랐을꼬?"

마례청이 무릎을 치며 기뻐했다. 마례수가 즉시 표피낭에서 화호초를 꺼내 보듬으며 외쳤다.

"오, 나의 보배야! 네가 강상을 먹어치우고 돌아온다면 그 공은 이루 헤아릴 수 없을 것이다."

드디어 공중에 이를 날렸다. 화호초는 단지 한 마리의 괴수에 불과하여 그저 사람만 잡아먹을 줄 알았다. 그러나 어찌 알았으리? 그가 잡아먹은 양전이 화가 될 줄을.

양전은 일찍이 구전원공九轉元功을 수련하여 능히 72가지의 변신술을 부릴 수 있었으니, 그 무궁무진한 술법은 가히 육신으로써 성聖을 이루었다고 할 수 있는 것이었다. 그가 청원묘도진군清源妙道眞君에 봉해진 사실도 허언이 아니었다.

화호초의 뱃속에 든 양전은 네 장수의 계략을 엿들으면서 중얼거렸다.

"어리석은 놈들, 내가 누구인지 정말 몰랐으렷다!"

그는 화호초의 심장을 쥐어뜯었다. 그러자 괴수는 괴성을 지르며 땅바닥으로 곤두박질쳤다.

자아는 3경이 될 때까지 나타와 함께 마가의 네 장수에 관한 일을 논의하고 있었다. 바로 이때 홀연히 북소리가 울리더니 "양전이 돌아왔습니다" 하는 보고가 들어왔다. 자아가 크게 놀라는 것은 당연했다.

"죽은 사람이 다시 살아 돌아오다니! 누군가 거짓을 말하는구나."

자아는 나타에게 진실을 알아보라 명했다. 나타가 대문에 이르자 과연 양전이 서 있었다. 나타가 먼저 물었다.

"양 도형, 형께서는 이미 돌아가셨는데, 어떻게 또 살아 돌아올 수 있었소이까?"

"그대와 나는 도문의 형제지만 그 현묘함에는 서로 차이가 있네. 빨리 문을 열게! 내 긴히 사숙께 보고드릴 일이 있네."

그가 양전과 함께 전상에 이르자 자아가 놀라면서 물었다.

"아침에 진중에서 죽었는데 어찌 살아올 수 있다는 말인가? 필시 무슨 회생술이라도 있는 게로구먼!"

양전은 마례수가 화호초를 성으로 들여보내 대왕과 승상을 상하게 하려 하더라고 말했다. 그리고 다시 말을 이었다.

"사숙께 보고드립니다. 제자가 그 망할 놈의 뱃속에서 이 음모를 듣고 곧 그 화호초를 죽여버렸습니다."

자아가 이 말을 듣고 매우 기뻐하며 말했다.

"나에게 이런 훌륭한 도술을 지닌 사제가 있으니, 무엇이 두렵겠는가!"

양전이 또 말했다.

"제자는 곧 다시 가보렵니다."

"도형께선 왜 또 그 위험한 곳으로 가려는 것이오?"

나타가 묻자 양전이 말했다.

"스승께서 비전하여 주신 술법은 현묘함이 출중하여, 때에 따라 변화함이 상상을 초월한다네."

자아가 듣고 나서 말했다.

"그대에게 기묘한 술법이 있다 하니 어디 한두 가지만 보여주게."

그러자 양전이 몸을 한번 날리니 곧 화호초로 변하여 땅바닥에 내려앉았다. 이에 자아는 이루 말할 수 없이 기뻐했다. 양전이 "제자는 갑니다"라고 하더니 쉭 소리를 내며 떠나가려 했다. 그러자 자아가 급히 말했다.

"양전, 잠깐만! 그대에게 훌륭한 술법이 있으니 마가 네 장수의 보물들을 취해 온다면 그들은 속수무책이 될 것이네. 제발 거절하지 말게."

양전은 서기성을 떠나 즉시 마가 네 장수의 막사에 내려앉았다.

마례수는 그의 보물이 돌아오는 소리를 듣고 급히 손을 뻗어 이리저리 살펴보았으나 사람을 잡아먹은 흔적은 보이지 않았다. 그렇지만 더는 의심하지 않았다.

거의 네 번 북이 울릴 시각이 되어서야 형제들은 잠자리에 들었다. 그렇게 만취하여 쓰러져 자는데 우렛소리와 같은 코고는 소리는 모두 똑같았다.

이때를 기다려 양전은 은낭에서 튀어나왔다. 마가 네 장수는 군막 벽걸이에 보물들을 걸어두고 있었다. 양전은 그것들을 손으로 끌어내리다가 그만 세 개는 떨어뜨리고 다만 진주산만을 손에 들었다. 나머지 세 개의 보물이 땅에 떨어지면서 쨍그렁 소리를 냈다.

마례홍은 잠결에 무슨 소리가 들렸던지 급히 일어나 주위를 살폈다.

"이런! 갈고리가 빠져 떨어져버렸구먼!"

이렇게 중얼거렸으나 술에 취해 자세히 살피지도 않은 채 자기 것만을 집어들어 제자리에 걸고는 다시 잠에 빠져들었다.

한편 양전은 서기성으로 돌아와 자아를 뵙고는 혼원진주산을 바쳤다. 금타·목타·나타가 모두 혼원산을 보러왔다. 양전은 다시 저들의 진영으로 돌아가 표피낭 속에 들어갔다.

다음날 아침, 마가 형제 넷이 각자 보물을 갖추려고 했는데, 마례홍의 혼원산이 보이지 않았다. 그러자 마례홍은 크게 놀라며 중얼거렸다.

"어째서 혼원산이 보이질 않지?"

사방을 살폈으나 진주산은 여전히 보이지 않았다. 급히 진영에 들어가 보초담당 장교에게 물었다. 그러자 여러 장수들이 말했다.

"영내로는 티끌조차도 들어올 수 없었을 터인데 어디 적의 첩자가 들어올 수 있었겠습니까?"

그러자 마례홍이 크게 부르짖었다.

"내가 대공을 세운 것은 바로 이 보물의 덕이거늘, 오늘 하루아침에 잃고 말았으니 이를 어쩐단 말이냐!"

네 장수는 형세가 불리해졌다고 여기며 기운을 잃어 군정을 돌볼 생각도 나지 않았다.

한편 청봉산 자양동 청허도덕진군은 홀연히 심혈心血이 솟구치자 금하동자를 불렀다.

"네 사형을 불러오너라."

금하동자는 명을 받들어 잠시 뒤에 사형을 데려왔다. 황천화黃天化가 벽유상 앞에 이르자 청허진군이 말했다.

"너는 산을 내려갈 준비를 하여라. 너희 부자가 서주의 군주를 위해 공을 세울 때가 되었느니라. 자, 나를 따라오너라."

황천화는 스승을 따라 도원에 이르렀다. 청허진군은 두 개의 철추 쓰는 법을 전수해 주었다. 황천화는 곧바로 그 무기에 익숙해져 자유자재로 다룰 수 있게 되었다. 청허진군이 말했다.

"나의 옥기린玉麒麟을 네게 주마. 그리고 화룡표火龍標도 가져가거라. 애야, 절대로 근본을 잊어서는 안된다. 그리고 반드시 도덕을 존숭하도록 하여라."

"제자가 어찌 감히 어길 수 있겠습니까?"

황천화는 이렇게 말하며 스승에게 작별을 고하고 옥기린에 올랐다. 그가 뿔을 한 번 토닥이자 옥기린의 네 다리가 풍운을 일으키며 떠올랐다. 황천화는 곧바로 서기에 이르렀다. 수문관이 강 승상에게 통보하자 곧 들라는 명이 내렸다.

황천화는 전에 올라 절을 하며 말했다.

"사숙, 제자 황천화가 스승의 명을 받잡고 산을 내려왔으니, 좌우에 거두어 주시기 바랍니다."

"어느 산인가?"

자아가 이렇게 묻자, 황비호가 말했다.

"이 동자는 청봉산 자양동 청허진군의 문하에 있던 황천화로 소장의 큰아들입니다."

자아는 크게 기뻐하며 말했다.

"장군께 이렇게 출가수도한 아들이 있었다니, 이것 천만 축하할 일이오!"

그제야 황천화 부자는 다시 만난 기쁨을 나눌 수 있었다. 황천화는 산에 있으며 채식만을 하다가, 오늘 비로소 왕부에서 육식을 먹고 쌍태머리를 올리고 왕부의 복장을 갖췄다. 띠를 두르고 관을 썼으며, 금으로 이마를 장식했고 대홍복大紅服과 금쇄갑金鎖甲에 옥대를 찼다.

황천화는 다음날 그런 복장을 하고 전상에 올라 자아를 뵈었다. 자아는 황천화의 그런 복장을 보자 곧 말했다.

"황천화, 그대는 본래 도문道門이거늘 어찌하여 하루아침에 변복을 했는가? 나는 재상자리에 있으면서도 감히 곤륜의 덕을 잊지 못하고 있거늘, 그대는 어제 하산하여 오늘 바로 변복을 하다니! 다시 명주실로 도복을 두르도록 하게."

황천화는 부끄러워하며 명을 좇아 명주실로 띠를 둘렀다. 그런 뒤 말했다.

"제자가 하산한 것은 마가의 네 장수를 물리치기 위함입니다. 그저 이렇게 한 번 가문의 복장을 해본 것이지, 어찌 감히 근본을 잊을 수 있겠습니까!"

"마가의 네 장수는 좌도술이 뛰어나니 반드시 잘 막

아야 할 것이네."

"사부의 가르침을 잘 받았으니 무슨 두려워할 것이 있겠습니까?"

이에 자아가 허락했다. 황천화는 옥기린에 올라 두 개의 철추를 휘두르며 성문을 열어제치고 나아갔다. 원문에 이르러 싸움을 청했다. 바야흐로 사천왕이 병령공丙靈公을 만나게 된 것이다.

聞太師兵伐西岐

문 태사가
서기정벌에 나서다

마례홍은 진주산이 보이지 않자 군대를 정리하는 데 마음을 두지 못했는데, 갑자기 보고가 들어왔다.

"어떤 장수가 군문 앞에 와서 싸움을 청합니다."

네 장군이 듣고 인마를 조금 이끌고 나가 결전을 치르고자 했다. 보니 한 장수가 옥기린을 탄 채 오고 있었다. 묶은머리에 금관을 썼으니 불꽃이 타오르는 듯했고, 커다란 홍포 위에는 용이 둥글게 수놓아져 있었다. 그는 두 자루의 은철퇴를 팔방으로 휘두르며 단정히 옥기린을 타고 진영으로 다가왔다.

마례청이 앞으로 나서며 외쳤다.

"네놈은 또 뭐하던 물건인고?"

"나는 다른 사람이 아니라 개국무성왕의 장남 황천화다. 지금 강 승상의 명을 받들어 특별히 그대들을 잡으러 왔다."

마례청이 크게 화가 나서 창을 휘두르며 다가와 황천화를 잡으려 했다. 황천화는 손에 철퇴를 들고 앞으로 나아가 서로 치고받았다. 한 사람은 옥기린에 타고 다른 한 사람은 그냥 서서 싸우는데, 그 광경이 장관이었다. 말발굽이 뒤얽히고 창과 철퇴가 맞부딪쳤다.

그렇게 싸우기 20합이 채 안되어 마례청이 손에 백옥금강탁白玉金剛鐲 팔지를 들어올렸다. 그런 다음 곧장 한 가닥 노을빛을 번쩍이면서 내리쳐 황천화의 등 한복판을 겨누었는데, 머리에 쓴 금관에 맞아 황천화는 낙마하고 말았다. 마례청이 달려들어 목을 베려 할 때 나타가 크게 소리쳤다.

"우리 도형을 다치게 하지 말라!"

나타는 풍화륜에 올라타고 빠르게 군진 앞에 이르러 황천화를 구했다. 나타가 다시 마례청과 크게 싸웠는데 두 개의 창이 서로 뒤엉키면서 하늘이 근심하고 땅이 어두워질 지경이었다.

마례청이 두번째로 금강탁을 들어올려 나타를 내리쳤다. 이에 질세라 나타도 건곤권을 내리쳤다. 건곤권은 쇠로 만들어진 것이고 금강탁은 옥으로 만들어진 것인데, 쇠가 옥을 내리쳤으니 옥이 부서지는 게 당연했다. 마례청과 마례홍은 일제히 큰소리로 외쳤다.

　"이놈 나타야! 나의 보물을 부쉈으니 이 원한을 어찌 풀랴!"

　마가 두 형제가 함께 다가오는 것을 본 나타는 세가 불리하다고 느껴 바삐 서기진영으로 들어갔다. 마례해는 비파를 꺼내들었는데 그때는 이미 나타가 성으로 들어가 버린 뒤였다. 마례청은 진영으로 돌아와 금강탁이 손상된 것을 보고 어찌할 바를 몰라 했다.

　한편 황천화는 금강탁에 맞아 이미 죽어 있었다. 황비호가 소식을 듣고 대성통곡하면서 말했다.

　"어찌 알았으리? 서기성에 들어와 자리도 편히 하지 못했는데 결국 이렇게 죽었구나!"

　황천화의 시체는 승상부 문 앞에 놓여 있었다. 자아 또한 슬퍼하고 있었는데, 홀연 전령이 승상부로 들어와 보고했다.

　"승상께 아룁니다. 한 도동이 와서 뵙기를 청합니다."

"들어오시게 하라."

동자가 전 앞에 이르러 절하자 자아가 물었다.

"어디에서 오셨는고?"

"자양동의 도덕진군께서 명하시길, 사형 황천화를 업고 산으로 돌아오라 하셨습니다."

이에 자아가 크게 기뻐했다. 백운동자는 황천화를 등에 업고 돌아갔다.

백운동자가 보고하자 동굴에서 나온 도덕진군이 살펴보니 황천화는 얼굴이 백지장처럼 하얗게 된 채 이미 죽어 눈을 감고 있었다. 진군이 물을 가져오게 하여 단약을 개어 칼로 입을 비틀어 열고서 부어넣었다. 그런 뒤 한 시각이 채 안되어 황천화가 두 눈을 번쩍 떴다.

사부가 옆에 있는 것을 보고 황천화가 말했다.

"제가 어찌 여기에서 스승님을 뵙게 되었습니까?"

"이 짐승 같은 놈! 산에서 내려가 맵고 비릿한 훈채葷菜를 먹은 것이 첫번째 죄요, 옷을 바꿔입고 본분을 잊은 것이 두번째 죄로다. 만약 자아의 체면을 돌아보지 않았다면 결코 너를 구하지 않았을 것이다!"

황천화가 부끄러워 어쩔 줄 몰라하며 몸을 굽혀 절하자, 도덕진군은 그제야 노여움을 풀었다. 진군이 물건 하나를 꺼내 천화에게 주면서 말했다.

"너는 서둘러 서기로 돌아가거라. 다시 마가의 네 장군을 만나면 공을 이룰 수 있을 것이다. 나도 오래지 않아 산을 내려가겠노라."

황천화는 사부에게 하직인사를 하고 토둔법을 운행하여 금세 서기에 도착하니 땅에 토둔법으로 생긴 구멍만이 남았다. 천화가 왔다는 말을 듣고 모두가 놀랐으나, 자초지종을 듣자 모든 사람이 크게 기뻐했다.

다음날 황천화가 옥기린에 올라 다시 성을 나섰다. 마가진영에서 군정사가 들어와 보고했다.

"황천화가 싸움을 청합니다."

마가 네 장군이 보고를 듣고 아연실색했다.

"이놈이 죽은 줄로만 알았더니 얕은꾀를 썼도다!"

마가 네 형제는 크게 노하여 바삐 군영을 나섰는데, 황천화가 기백이 당당하고 씩씩한 것을 보고 크게 소리지르면서 말했다.

"네 이놈! 오늘이 바로 네놈의 진짜 제삿날이로다. 어디 한번 자웅을 겨루어보자."

이리하여 말발굽이 뒤얽히고 창과 극이 부딪치며 한바탕 접전이 벌어졌다. 그렇게 15합이 채 안되어 못 이기겠다는 듯 황천화가 달아나기 시작했다.

마례청이 뒤를 쫓아왔다. 뒤를 돌아보던 천화가 비

단주머니 한 개를 꺼냈다. 길이가 겨우 7촌 5푼밖에 안 되었으나, 눈부신 빛을 내뿜어 그 화염에 눈을 뜰 수가 없었다. 이름하여 '찬심정攢心釘' 큰못이었다.

황천화가 손을 뒤로 하여 한 발 쏘니, 세상에 드문 진기한 이 큰못이 한 가닥 금빛으로 빛났다.

황천화의 손을 떠난 찬심정은 마례청의 앞가슴에 명중했으나, 마례청은 가슴을 꿰뚫리는 것도 깨닫지 못했다. 다만 크게 비명을 지르며 땅에 쓰러지는 것만이 보였다.

마례홍은 형이 쓰러지는 것을 보고 크게 노하여 급히 진영 앞으로 뛰쳐나갔다. 방천극을 흔들면서 바싹 다가서는데, 그 틈을 노려 천화가 다시 큰못으로 내리쳤다. 마례홍이 몸을 피할 틈도 없이 또 앞가슴에 맞았다. 그는 소리 한번 지르지 못한 채 먼지 흙탕 속에 넘어졌다.

마례해가 울부짖었다.

"이 망나니 같은 놈! 무슨 물건으로써 우리 두 형을 다치게 하느냐?"

마례해가 급히 나아갔지만, 황천화가 먼저 못을 던져 명중시켰다. 병령공丙靈公을 만나 사천왕四天王이 절명하는 것은 타고난 운명이었다.

마례수만이 남았다. 그는 세 형들이 비명에 죽는 것

을 보고 크게 노하여 억누르고 있던 참을성을 잃었다. 그는 표범가죽 주머니에서 화호초花狐貂 담비를 꺼내 황천화를 해치려 했다. 그러나 이 화호초는 양전이 변한 것인데, 이를 알지 못한 마례수는 손으로 이것을 잡았다.

양전은 입을 벌려 마례수의 손이 이 화호초의 입 속으로 들어오기를 기다리고 있었다. 마침내 화호초의 입에 그의 손이 물어뜯겨 뼈만 남았으니 얼마나 아팠겠는가! 그뿐인가? 다시 황천화에게 한 방 큰못을 맞아 가슴이 뚫렸으니 가련하구나!

황천화가 마가의 네 장군을 죽이고 막 수급을 취하려는데, 홀연 표범가죽 주머니 속에서 일진광풍이 몰아치더니 화호초가 한 사람으로 변하는 것이 보였다. 곧 양전이었다. 천화가 양전을 알아보지 못하고 물었다.

"바람이 변화하여 사람이 된 분은 뉘시오?"

"내가 바로 양전이오. 강 사숙께서 이곳에 있다가 내 응하라고 명하셨소. 지금 도형께서 연달아 네 장군을 죽이는 것을 보았는데, 그것은 바로 하늘의 길조에 응한 것이오."

그때 나타가 수레를 몰고 쫓아와서 황천화와 양전에게 말했다.

"두 형님께서 지금 큰 공을 세우셨으니 기쁨을 이기

지 못하겠습니다."

세 사람이 서로 위로하고 축하하며 함께 성 안 승상부로 들어가 자아를 만났다. 세 사람이 찬심정을 쏘아 네 장군을 죽이고 양전이 손을 물어뜯은 일을 알렸다. 자아가 크게 기뻐하며 네 장군의 목을 성 위에 매달라고 명했다.

마가의 병사들은 가몽관佳夢關으로 도주하여 들어가 경로를 따라 사수관 한영韓榮에게 보고했다. 한영은 보고를 듣고 크게 낙담하면서 말했다.

"강상의 군사가 이처럼 대단하니 어찌할꼬!"

마음속으로 매우 다급하여 황급히 표문을 작성하여 그 밤으로 조가에 알렸다. 문 태사가 승상부에 한가로이 모처럼의 여유를 즐기는데 보고가 들어왔다.

"유혼관 두영竇榮이 동백후를 여러 차례 이겼습니다."

홀연 또 보고가 들어왔다.

"삼산관 등구공의 딸 등선옥鄧嬋玉이 남백후에게 연승하여 지금은 병사가 이미 퇴각했습니다."

문 태사가 크게 기뻐했다.

또 보고가 들어왔다.

"사수관 한영의 보고가 있습니다."

"가져오게 하라."

관장官將이 문서를 올리자 문 태사가 펼쳐보았다. 마가의 네 장군이 모두 죽임을 당하고 성 위에 목이 걸려 있다는 것이었다. 문 태사는 책상을 치면서 크게 노해 소리치며 말했다.

"누가 알았으랴! 네 장군은 용감하기 비길 데 없었는데 모두 서기에게 죽임을 당할 줄이야! 강상은 무슨 재주가 있기에 조정의 군장을 모두 꺾어 욕을 보이는가?"

문 태사가 이마 가운데의 한 눈을 뜨자 흰 빛이 원근 2자 거리까지 비쳤다. 단지 화만 내도 삼시신三尸神이 거칠어지고 몸의 일곱 구멍에서 연기가 피어올랐다.

'좋아! 지금 동쪽과 남쪽 두 곳은 이미 평정되고 있으니, 내일 군왕을 뵙고 친히 정벌하러 나갈 것이다.'

문 태사는 그날로 표문을 작성하고 다음날 조정에 가서 출병할 것을 알렸다. 천자가 말했다.

"태사께서 서기를 정벌하려 하신다니 그 일은 나를 위해 대신 처리해 주신다 생각하시오."

한편 좌우에게 명했다.

"속히 황모와 백월을 꺼내드려 마음껏 정벌할 수 있게 하라."

문 태사는 길일을 택하여 보독기번寶纛旗旛 등 깃발들을 늘어놓고 제사지냈다. 천자가 친히 송별연을 베풀어

주고 한 잔 가득 술을 따라 문 태사에게 주었다. 태사는 술을 받고 몸을 굽혀 아뢰었다.

"신이 이번에 가면 반드시 반역자들을 제거하여 변방을 안정시키겠습니다. 원컨대 폐하께서는 진실한 말이라면 누구의 말이든 잘 받아들여 행하시고 온갖 일들을 자세히 살펴 행하시며, 군신 사이가 멀어지거나 상하가 서로 막히지 않도록 하소서. 신은 길어도 반년이 넘지 않아 승전을 아뢰며 조정으로 돌아오겠습니다."

"태사께서 이번에 직접 간다니 짐은 염려하지 않겠소. 오래지 않아 태사의 좋은 소식이 오기만을 기다리겠소."

천자는 문 태사가 떠나는 것을 지켜보았다. 그런데 이게 어찌된 일인가? 그가 탄 흑기린黑麒麟은 한동안 전장에 나가지도 않아 혈기가 올라 있을 터인데, 오늘 문 태사가 올라타려 하자 푸푸거리며 날뛰어 태사를 땅에 떨어뜨렸다. 백관이 크게 놀랐으며 좌우에서 황급히 부축했다. 태사는 급히 일어나 의관을 정돈했다. 이때 하대부 왕변王變이 앞으로 나와 아뢰었다.

"태사께서 오늘 병사를 일으키시는데 낙마하셨으니 실로 상서롭지 못합니다. 다시 날을 골라 좋은 날에 정벌에 나서는 편이 좋겠습니다."

"대부의 말은 틀렸소! 신하된 자는 일단 몸을 나라에

허락하고 나면 그 집안을 잊어버리고, 말에 올라 병사를 지휘하게 되면 그 목숨을 잊어버리는 법이오. 장군이 진영에 들어가 편히 죽지 않고 전장에서 부상당하는 것은 당연한 이치이니 어찌 이상하다 하겠소? 아마도 이 말은 오랫동안 전장에 나가지 않아 근육이 가볍지 못한 까닭에 이러한 실수가 있는 듯하오. 대부는 다시 언급치 마시오."

문 태사가 다시 흑기린에 올랐다. 이번에 한 번 이별하면 어느 해에 다시 군신들이 얼굴을 마주 대할지 알 수 없으니, 백관이 모두 비감한 마음이 되었다.

이리하여 문 태사는 대군 30만을 이끌고 조가를 나서서 황하를 건너 면지현에 이르렀다. 총병관 장규張奎가 영접하여 예를 마쳤다. 태사가 물었다.

"서기로 가려면 어느 길이 가까운가?"

"청룡관으로 가면 2백 리가 가깝습니다."

"그럼 청룡관으로 가야겠구나."

이에 인마가 면지현을 출발하여 청룡관으로 나갔다. 길에는 깃발들이 펄럭이고 수놓은 허리띠가 나부끼니 문 태사 군이나 주는 늠름한 광경이었다. 방패가 물결치듯 일렁이고 1만 군사의 말 발자국 또한 요란했다.

삼군의 함성이 천관天關을 뒤흔들고 5색 깃발이 펄럭

여 빛나는 해를 뒤덮었다. 가히 병산兵山 하나가 땅에서 솟아난 듯했다.

대군이 청룡관을 떠나는데 길이 험하고 협소하여 겨우 한두 기병만이 지나갈 수 있었다. 사람과 말이 매우 가기 힘든 길이었는데 길은 갈수록 더욱 험해졌다. 이처럼 힘든 것을 보고 문 태사는 후회했으나 이미 되돌릴 수 없었다. 일찍이 이와 같음을 알았다면 5관으로 돌아가는 것이 훨씬 편했을 것이었다.

그렇게 하루 만에 황화산黃花山에 이르자 큰 산이 나타났다. 문 태사는 산이 험한 것을 보고 진영을 구축하고 병사들을 쉬도록 명했다. 그런 다음 홀로 흑기린을 몰아 산 정상 가까이로 올라가 살펴보니 한 군데 평평한 땅이 보였는데 마치 하나의 싸움터 같았다.

문 태사가 감탄했다.

'멋진 산이로구나! 만약 조가가 평안했다면 나는 이 황화산에 와서 한적하게 살았을 것을!'

푸르른 대나무, 고목과 휘어진 나무들 하며 감상할 것은 끝이 없었다.

그때 갑자기 뒤에서 징소리가 들렸다. 문 태사가 급히 말을 돌려 바라보니 산 아래에 한 무리 군대가 지나가고 있는데, 뱀과 같이 장사진을 이루고 있었다. 진 앞의 장수는 얼굴이 쪽빛으로 푸르고 머리칼은 붉은빛이며 위아래 이빨은 입 밖으로 길게 튀어나와 있고, 금갑옷에 홍포를 입었으며 검은 말을 타고 손에는 개산부開山斧 도끼를 들고 있었다.

문 태사는 지나가는 군진을 정신없이 바라보느라고 산 아래 병졸들에게 발견된 것도 모르고 있었다. 사졸들이 그 즉시 주장에게 보고했다.

"대왕께 아룁니다. 산 위에 어떤 사람이 우리의 본대를 훔쳐보고 있습니다."

주장은 대노하여 속히 군진을 후퇴하라고 명하고 말에 박차를 가하니, 말은 날 듯이 산을 올라왔다. 문 태사는 날듯이 올라오는 그 장수를 보니 매우 영웅답고 용맹스러웠으므로 마음속으로 몹시 기뻤다.

'이 사람을 얻어 서기를 정벌하러 간다면 쓸 때가 있겠군!'

마음속으로 생각하느라고 주장의 말이 이미 눈앞에까지 이른 것조차 깨닫지 못했다. 쳐다보니 다가온 장수가 크게 소리쳤다.

"누구이기에 이토록 대담하더란 말이냐! 감히 나의 본거지를 엿보다니!"

"빈도는 이 산이 고요한 것을 보고 이곳에 초가집을

짓고 아침저녁으로 한두 권 『황정경黃庭經』이나 독송하고 싶은 생각이 들었었소. 장수께서도 그런 생각이 드셨는지 알고 싶소이다."

장수가 화가 치민 듯 욕설을 퍼부어댔다.

"요술이나 부리는 도사놈이로구나!"

장수가 도끼를 휘두르며 달려왔다. 문 태사가 금채찍을 들어 급히 제지하니 채찍과 도끼가 뒤얽혔다. 산마루에서 한바탕 접전이 벌어졌다.

문 태사는 수년 동안 정벌을 다니면서 얼마나 많은 호걸들을 보았는지 스스로 알 수 없을 정도였건만, 어찌 이처럼 단번에 그의 눈에 든 사람이 있었겠는가. 이 장수가 도끼 쓰는 것은 한눈에 보아도 재주가 있었다.

'역시 내 눈은 정확해. 이 사람을 얻어 서기로 간다면 비록 큰 공은 없어도 작은 성취는 이룰 수 있겠구나!'

이렇게 생각하면서 문 태사가 말을 몰아 동쪽으로 달아나자 장수는 급박하게 뒤쫓아왔다. 뒤에서 들리는 쨍그랑하는 소리에 문 태사는 금채찍을 한 번 휘두르니 평지에 쇠담장이 생겼다. 태사는 그 장수를 그 속에 포위해 넣고 금둔법金遁法을 사용하여 사라지게 해버렸다.

문 태사는 여유작작 다시 산으로 돌아와 솔숲 바위에 기대어 앉았다. 산중에는 살기가 서리서리 서려 올랐다. 태사는 그것을 묵묵히 바라보았다.

한편 산 아래 진영에서는 한 장교가 달려와 그들의 수뇌에게 보고했다.

"두 분 전하께 아룁니다. 웬 붉은 옷을 입은 도인이 큰 전하를 누런 구름 속으로 끌어들이더니 곧 보이지 않게 되었습니다."

두 장수는 보고를 듣고 급히 물었다.

"지금 어디에 있느냐?"

"지금 산 위에 앉아 있습니다."

두 사람이 깜짝 놀라 급히 말에 오른 뒤 병사들을 재촉했다. 여러 병졸들이 일제히 함성을 지르며 산 위로 돌격했다. 이를 보던 문 태사는 천천히 흑기린에 몸을 맡긴 채 금채찍을 휘두르며 소리쳤다.

"두 장수는 천천히 오라!"

두 장수는 눈이 셋이나 되는 도인풍모를 지닌 문 태사를 보고 매우 놀랐으나 앞으로 나가지 않을 수 없었다.

"너는 누구기에 감히 이곳에서 흉악한 짓을 하느냐? 우리 큰형님을 어디로 모셨느냐? 순순히 돌려보내주면 너의 목숨만은 살려주겠다!"

"방금 전 남색 얼굴을 하고 무지하게도 나를 건드린

자는 내 채찍에 맞아죽었다. 너희 두 사람은 또 무엇을 구걸하러 왔느냐? 나는 별다른 뜻은 없고 이 황화산에서 수련하고자 할 뿐이로다. 너희 두 사람도 그럴 생각이 있는가?"

두 사람이 크게 노하여 말을 몰아 한 사람은 창으로, 또 한 사람은 쌍창을 들고 달려들었다. 문 태사는 금채찍을 휘두르면서 좌충우돌하니 마침내 셋이서 뒤얽히게 되었다.

얼마 후 문 태사는 흑기린의 기수를 돌려 남쪽으로 달아났다. 두 장수가 쫓아오자 태사가 채찍을 한 번 휘두르며 수둔법水遁法으로 장張천군을 사라지게 했고, 목둔법木遁法을 써서 도陶천군을 사라지게 했다. 이리하여 문 태사는 등충鄧忠·장절張節·도영陶榮 세 천군을 사로잡았던 것이다.

문 태사는 다시 이전처럼 돌아와 산 위에 앉았다. 부하들이 가서 신천군 신환辛環에게 보고했다.

"세 분 전하께서 한 도인에게 맞아죽었습니다."

신환이 듣고 절규했다.

"이처럼 원통하게 하는 일이 세상에 또 있을까!"

급히 추찬鎚鑽이라는 넓적한 쇠몽둥이를 들고 겨드랑이 속에 쌍육시雙肉翅 날개 한 쌍을 끼고 공중으로 날아올랐다. 일진광풍이 일면서 공중에서 다만 우렛소리만이 들렸다. 신환이 산 위에 이르러 고래고래 소리질렀다.

"이 요술이나 부리는 도사놈, 우리 형제들을 죽이다니! 어찌 너를 살려두겠느냐."

문 태사가 이마 한가운데의 눈을 떴을 때 흉악한 모습을 한 사람이 두 날개로 날아오고 있었다. 문 태사는 이를 보고 다만 기쁠 뿐이었다.

"진실로 기이한 호걸이로군!"

신환이 문 태사의 정수리를 겨누고 철퇴를 내리쳤다. 태사는 채찍으로 급히 막았는데, 철퇴가 용맹스러울 뿐 아니라 공격하는 방법도 빼어나고 기이했다.

문 태사가 채찍을 휘두르며 동쪽으로 달아나자, 신환이 뒤따르며 소리쳤다.

"이 요사스런 도사놈아 어디로 가느냐? 내가 간다!"

그는 한 쌍의 날개를 펴서 곧 공중으로 날아올랐다. 그러나 그는 문 태사의 능력이 얼마나 큰지, 뜻만 정해지면 상대를 얼마나 쉽게 죽일 수 있는지 알지 못했다.

문 태사는 속으로 생각했다.

'오둔법五遁法으로는 이 사람을 잡을 수 없겠다.'

그는 길옆 바위덩이에 채찍을 겨냥하여 연달아 두세 차례 후려치면서 황건역사에게 명했다.

"이 산의 바위로 저 사람을 눌러버려라!"

역사는 명령을 듣고 급히 바위를 들고 공중으로 날아올라 신환을 허리에 끼고 눌러버렸다. 술수가 이와 같을 줄을 어찌 알았으리?

문 태사가 채찍을 들어 막 신환의 정수리 부분을 겨누고 내려칠 때였다. 신환이 놀라 크게 소리쳤다.

"도사님, 자비를 베푸소서! 소인이 고명하심을 알지 못하고 하늘의 위세를 범했으나 도사님의 용서를 구합니다. 만약 살려주신다면 은혜에 감복함이 끝이 없겠습니다."

태사는 채찍을 신환의 정수리에 갖다 대면서 말했다.

"너는 나를 알지 못하는구나. 나는 도사가 아니다. 조가의 문 태사로서 서기로 정벌을 가느라고 이 길을 지나가게 된 것이다. 얼굴이 푸른 그 사람은 무고하게 나를 해치려고 했다. 어떠냐? 너는 살고 싶으냐, 아니면 죽고 싶으냐?"

신환이 크게 소리쳤다.

"태사 어른! 미천한 것이 태사께서 이 산을 지나가시는 것을 알지 못했습니다. 일찍 알았더라면 응당 멀리까지 마중나갔을 것입니다. 높으신 분을 범했으나 소인의 죽을죄를 용서해 주시길 간절히 바랍니다."

"네가 살고자 한다니 너를 용서해 주겠다. 그러나 나의 문하에 있으면서 서기로 정벌하러 가야 한다. 만약 공이 있다면 나라에서 벼슬을 얻게 될 것이다."

"만약 귀인께서 저를 뽑아주신다면 말장의 신분이라도 기꺼이 지휘를 받겠습니다."

태사가 채찍을 휘두르자, 황건역사가 바위를 들어올렸다. 바위를 들어올린 뒤에도 한참이 지나야 신환은 겨우겨우 몸을 가누며 일어서서 땅에 엎드려 절했다. 문태사는 신환을 거두고 솔숲 바위에 기대앉았다.

"황화산에는 몇 명의 인마가 있는가?"

"이 산은 사방둘레가 60리이고 모여든 패거리는 1만여 명이며 군량과 마초도 꽤 많습니다."

태사는 자기도 모르게 크게 기뻐했다. 신환이 꿇어앉아 애걸했다.

"아까의 세 장수에게도 자비를 베풀어 풀어주십시오. 만약 다시 살아난다면 노둔한 힘을 다하여 알아주신 은혜에 보답할 것입니다."

"그대는 아직도 그들을 구하고 싶은가?"

"비록 성은 각기 다르지만 정만은 수족과 같습니다."

"그와 같다면 너희들은 의리가 있구나. 일어서거라!"

태사가 손을 들어 올리자 우렛소리가 들리고 산악이

진동했다.

둔법에 갇혀 있던 세 장수가 일시에 눈을 문지르자, 등鄧천군은 쇠담장이 보이지 않게 되었고, 장張천군은 큰 바다가 보이지 않게 되었으며, 도영陶榮은 큰 숲이 보이지 않게 되었다. 세 장수가 말을 달려 산으로 돌아오니 신환이 그 붉은 옷을 입은 도인의 옆에 서 있는 것이 보였다. 등충이 크게 노하여 우레처럼 소리쳤다.

"동생들, 나와 함께 저 요사스런 도인을 처치하세나!"

말이 아직 끝나지도 않아 장·도 두 장수가 일제히 소리쳤다.

"요사스런 도인은 꼼짝하지 말라!"

그들은 아직까지도 문 태사의 힘을 짐작하고 있지 못했다.

黃花山收鄧辛張陶

황화산에서
등·신·장·도 네 장수를 거두다

세 장수가 일제히 화가 치밀어 달려오자, 신환이 급히 앞으로 나서서 가로막으면서 말했다.

"형제들은 망령되이 행동하지 말고 빨리 말에서 내려 알현하시오. 이분은 조가의 문 태사이시오."

세 장수는 '문 태사'라는 말을 듣고 안장에서 구르듯 뛰어내려 땅에 엎드렸다.

"태사 어른! 오래도록 존함을 듣고 흠모해 왔으나 친히 존안을 뵙지 못하다가 다행히 하늘의 인연을 얻어 행차가 이곳을 지나시게 되었는데 저희들이 실수로 죄를 범했습니다. 태사께서 죄를 용서해 주신다면 저희들은 경사스럽고 다행함을 이기지 못하겠습니다."

문 태사 또한 기뻤다. 여러 장수들이 태사를 상좌에 앉게 하고 다시 인사를 나눴다. 태사 또한 따뜻한 말로 위로하면서 네 장수들에게 물었다.

"성함이 어찌들 되시오? 오늘 다행스럽게 만나게 되니 나 또한 영광스럽소."

등충이 말했다.

"이곳은 황화산이고 우리 네 사람은 수년 전에 결의한 의형제들입니다. 저의 이름은 등충鄧忠이며, 둘째는 신환辛環, 셋째는 장절張節, 넷째는 도영陶榮입니다. 단지 제후들의 어지러운 갈등 때문에 임시 거처할 땅으로 이 산을 활용하는 것이지, 이런 생활이 저희의 본심은 아닙니다."

문 태사가 다 듣고 말했다.

"그대들이 나를 따라 서기로 가서 공을 세우는 날이면 모두 조정의 신하가 될 것이오. 무엇 때문에 이곳에서 도적을 업으로 하면서 영웅의 능력을 헛되이 하고 있는가?"

신환이 말했다.

"만약 태사께서 버리지 않으신다면 저희들은 어찌 태사를 따르지 않겠습니까?"

"그대들을 거두지 않을 까닭이 하나도 없소. 그대들의 수하에게도 알려 정벌에 따를 자는 함께 가고, 따르기를 원치 않는 자는 풀어주어 편안하게 집으로 돌아가게 하시오."

신환이 명하여 수하들에게 전했다. 따라가고자 하는 자도 있었고, 가고 싶어 하지 않는 자도 있었다. 또한 여러 해에 모은 것들을 사람들에게 나누어주니 기뻐하고 감복하지 않는 자가 없었다. 떠나지 않은 자를 계산해 보니 아직도 7천여 인마가 남아 있었고, 군량과 마초도 적지 않았다.

문 태사는 그날로 군사를 일으켰고 또 네 장군을 얻었으니 크게 기뻤다. 인마가 황화산을 지나 앞으로 전진하니 호호탕탕 군의 기세가 매우 용맹스러웠다.

문 태사 일행이 한참을 행군하던 중 홀연 비석 하나를 보았는데 '절룡령絶龍嶺'이라 쓰여 있었다. 태사는 흑기린을 탄 채 말없이 한동안 그 앞에 서 있었다. 등충은 태사가 앞으로 나가지 않는 것을 보고 놀랍기도 하고 한편으로 두렵기도 해서 물었다.

"태사께서는 어인 일로 말을 멈추고 말씀도 없으십니까?"

"내가 도를 깨우칠 때 벽유궁에서 금령성모金靈聖母께

무예를 배운 것이 50년 전이었네. 우리 스승께서 나에게 명하여 산을 내려가 성탕을 도우라 하셨는데 떠날 때에 이르러 스승님께 '제가 돌아가 어찌하면 되겠습니까?' 하고 여쭈었더니, 스승께서 '너는 일생동안 '절絶'자를 만나면 안된다'라고 하시었네. 오늘 행군하면서 마침 이 돌비석을 보았는데 위에 '절'자가 쓰여 있으니 마음속으로 망설여지는 까닭에 이처럼 결단을 내리지 못하고 있네."

등충 등 네 장군이 웃으면서 말했다.

"태사의 말씀은 틀립니다. 대장부가 어찌 글자 하나로 평생의 화복을 결정하겠습니까? 하물며 하늘은 선한 사람을 돕는 것인데, 지금 태사의 재주와 덕만으로도 어찌 서기를 이기지 못하겠습니까? 옛말에도 '어찌 점을 의심치 않으랴?' 했습니다."

태사는 여전히 웃지도 말하지도 않았다. 여러 장수들은 인마를 재촉하여 빨리 나아갔다. 칼과 창이 흐르는 물과 같고 갑옷 입은 병사가 구름 같았으나 가던 길에서는 말을 하지 않았다.

기마초병이 중군에 들어와 보고했다.

"태사께 아룁니다. 대열이 서기 남문에 이르렀으니 결정을 내려주시기 바랍니다."

"군막을 치고 주둔하라."

한 발의 포성이 울리자 삼군은 함성을 지르면서 군막을 치고 진지를 크게 구축했다.

그때 서기의 파발마가 승상부에 들어가 보고했다.

"문 태사가 30만을 이끌고 남문 앞에서 진지를 구축하고 있습니다."

자아가 말했다.

"내가 조가에 있을 당시, 일찍이 문 태사를 만나보지 못했는데, 오늘 이런 상황으로 만나보게 되니 참으로 비통한 인연이로다. 그가 행하는 병법이 어떠한지 어디 한번 살펴보자."

자아는 여러 장수들을 이끌고 성루에 올랐다. 성루에서 문 태사의 막사를 살펴보니 과연 웅장한 위용이었다. 철마와 무기가 시내처럼 많았고 오색 깃발이 구름처럼 펄럭였다. 실로 하나의 병산兵山을 이루는 모습이었다.

자아가 오래도록 살펴보고 탄식했다.

"문 태사는 평소에 장군의 재능이 있다고 들었는데 오늘 이와 같이 정돈된 모습을 보니 사람들이 스스로의 배운 바가 아직도 미진하다고 말할 만하구나."

성루를 내려와 승상부로 돌아온 자아는 대소 문하의 장수들과 함께 적을 물리칠 계책을 상의했다. 황비호가 옆에서 말했다.

"승상께서는 걱정하실 필요가 없습니다. 마魔가의 네 장군도 겨우 그 정도였습니다. 국왕의 홍복이 이와 같이 크시니 큰 재앙도 자연히 소멸될 것입니다."

"비록 그와 같다고는 하나 민생이 편안치 않고 군사들이 힘든 전투를 치르며 장군들도 말에 자주 오르게 되니 모두 편안한 실정은 아닙니다."

한창 회의를 진행하고 있는 사이에 보고가 들어왔다.

"문 태사가 보낸 사자가 전언을 가지고 왔습니다."

잠시 뒤 성문이 열리고, 한 대장이 승상부에 이르러 글을 올렸다. 자아가 뜯어보니 다음과 같은 내용이었다.

성탕태사겸정서천보대원수成湯太師兼征西天保大元帥 문중聞仲은 승상 강자아 휘하에 편지를 보내노라.

신하가 반역을 하는 것은 하늘을 크게 거스르는 것이라 들었다. 지금 위에 계신 천왕天王의 위엄이 혁혁하신 데도 역신은 감히 서쪽 땅에서 무도한 짓을 행하고 국법을 받들지 않는다. 스스로 왕이 되어 국가에 손상을 입혔고, 또 반역을 했으니 명백히 국법을 속이는 일이다. 천자께서 여러 차례 군사를 일으켜 죄를 물으셨는데도 고개 숙여 용서를 빌지 않고 오히려 방자히 멋대로 날뛰면서 천자의 관리에 항거하고 장수와 군졸들을 죽이면서 번번이 호령하고 위세를 떨치니 왕의 법이 어디에 있는가? 비록 너의 고기를 베어먹고 가죽을 벗겨 깔고 자도 그 죄를 다하기에 부족하고, 설사 너의 종묘를 옮기고 너의 강토를 깎아내더라도 이제까지 잃은 것을 보상하기에 부족하다. 지금 조서를 받들어 정벌하러 왔으니 너희들은 온 성 안의 생령들이 불쌍하다면 속히 군문에 나와 목을 내놓고 돌아가 국법으로 다스림을 받을 날을 기다리라. 만약 항거하면 진실로 곤륜산의 화염에 불타 모두 가루로 만들 것이니 후회해도 때는 늦을 것이다. 전서戰書가 도착한 날에 속히 판단하라.

자아가 편지를 다 읽고 나서 말했다.
"오신 장군께서는 성함이 어찌되오?"
등충이 대답했다.
"소장은 등충이라 합니다."
"등 장군은 진영에 돌아가 태사께 문안을 올리시오. 편지로 회답을 보낼 터이니 사흘 뒤에 성 아래에서 만나도록 하자고 말이요."

등충은 진영으로 돌아와 문 태사에게 회답을 건네고 자아가 답한 말을 전했다.

어느덧 약속한 사흘이 지나자 성탕진영에서는 포성과 함성이 하늘을 진동시켰다.

이 소리를 듣고 자아가 명했다.

"5방에 대오를 파견하여 성에서 내보내라."

문 태사가 막 군문 앞에 있는데 서기의 남쪽 문이 열리는 곳에서 첫번째 포성이 울리자, 네 개의 창에 청색 깃발 펄럭이며 깃발 아래에는 네 명의 장수가 진궁震宮방위에 어거했다.

두번째 포성이 울리자, 네 개의 창에 붉은 깃발이 펄럭이며 깃발 아래에는 네 명의 장수가 이궁離宮방위에 어거했다. 세번째 포성에는 흰 깃발에 태궁兌宮방위에 어거하고, 네번째 포성에는 검은 깃발에 감궁坎宮방위에 어거하고, 다섯번째 포성에는 황색 깃발에 무기궁戊己宮방위에 각각 네 명의 장수가 어거했다.

문 태사는 자아가 다섯 방위에 군대를 파견하는 것을 보고 있었는데, 양쪽 편의 대소 장수들이 모두 질서정연하게 서 있었다. 나타는 풍화륜을 타고 손에는 화첨창을 들고 있었으며, 양전·금타·목타·한독룡·무길 등이 양쪽으로 호위하여 서 있었다.

보독기 아래 자아는 사불상을 타고 있었으며, 오른쪽 수하에 무성왕 황비호가 오색신우를 타고 나왔다.

한편 문 태사는 용봉번龍鳳旛 아래에 있었으며 좌우에

등충·신환·장절·도영 네 장수를 거느리고 서 있었다. 태사의 얼굴은 옅은 금빛이며 오류버들 같은 긴 수염을 머리 뒤로 휘날리고 손에는 금채찍이 들려져 있었다.

자아가 말을 재촉하여 앞으로 나아가 허리를 굽혀 절하면서 말했다.

"태사! 소관 강상이 예를 온전히 갖추지 못했습니다."

"강 승상! 듣건대 당신은 곤륜의 명사인데 어찌하여 사리를 알지 못하시는가?"

"저는 외람되이 옥허의 문하에 있으면서 도덕을 몸소 실천하고 있으니, 어찌 감히 하늘의 법도를 위반하겠습니까? 위로는 왕명을 받들고 아래로는 군민을 다스리면서 공법을 받들어 지키는 등 오로지 도에 따르고 있습니다. 공손함과 성실함을 빛나게 하고 하늘의 계칙에는 근신하여 행동하고, 현명한 이와 우매한 이를 분별하고, 감히 백성을 학대하거나 정치를 어지럽히지 아니했습니다. 그리하여 어린아이들은 속이지 않으며 백성들은 편하고 재물은 풍부한데 어찌 사리를 알지 못한다고 하십니까?"

"그대는 단지 말을 교묘하게 할 줄만 알지 스스로의 잘못은 알지 못하는구나. 지금 천자께서 위에 계시는데 그대는 임금의 명령을 받들지 않고 스스로 주무왕을 세웠으니 천자를 속인 죄가 어찌 이보다 크겠는가! 또한 반란을 일으킨 신하 황비호를 받아들인 것은 명백히 천자를 속이는 것임을 알면서도 일부러 항거하고 있으니, 천자께 모반한 죄가 어찌 이보다 크겠는가! 죄를 묻는 군대가 일단 이르렀는데도 죄를 인정하지 않고 멋대로 항거하며 천병들을 죽였으니 대역의 죄가 어찌 이보다 크겠는가! 지금 내가 여기까지 이르렀는데도 스스로의 능력을 믿고 항복하지 않으면서 오히려 군사를 일으켜 항거하고 말을 교묘히 꾸며 잘못을 감추니 진실로 통탄스러운 일이로다!"

자아가 웃으면서 대답했다.

"태사의 말씀은 틀렸습니다! 스스로 무왕을 세운 일은 우리가 아직 천자께 윤허를 청하지 않았으나, 자식이 아버지의 음덕을 이어받은 것이니 어찌 불가하겠습니까? 하물며 천하의 제후들이 모두 성탕에게 반란을 일으켰으나, 이들 또한 임금을 속인 것이 아닙니까? 그리고 임금이 먼저 기강을 흩트려 만백성의 군주가 되기에 부족하니 이로 인해 모두 배반하고 신하노릇을 하지 않는 것입니다. 이처럼 잘못이 하나둘이 아닌데 어찌 그의 신하로 있겠습니까? 무성왕을 거두어들인 것은 바로 '임금이 바르지 못하면 신하가 국외로 망명한다'는 이치이니, 이 또한 예법에 있어 당연한 일입니다. 태사의 명성은 팔방에 진동하는데 지금 여기에 이르셨으니, 먼저 경거망동하신 것은 면할 수 없는 일이나 저희가 어찌 감히 항거할 수 있겠습니까? 저의 우매한 뜻에 따르시는 것만 못하니, 태사께서 말고삐를 돌려 각각 경계만을 지키신다면 좋은 낯으로 서로 만날 수 있을 것입니다. 만약 태사께서 한 개인의 사사로움에만 힘쓴다면 그것이야말로 하늘을 거스르며 행동하는 것입니다. 돌아가 재삼 생각해보시기를 청하오니 높으신 위엄을 손상시키지 마소서."

문 태사는 이와 같은 말을 듣고 얼굴이 온통 붉어져서 깃발 아래 있는 황비호를 보고 외쳤다.

"역적 황비호, 나와서 나를 만나라!"

황비호는 문 태사의 얼굴을 보고 회피하기 힘들다고 여겨 다만 앞으로 몸을 굽히면서 말했다.

"제가 스스로 태사와 이별한 지 수년이 지나 오늘 또 만났으니 소생의 억울함을 가히 펼 수 있겠습니다."

"온 조정의 부귀가 모두 그대 황씨가문에 있었는데 하루아침에 임금을 배반하고 반란을 일으키니 모반의 죄가 큰데도 여전히 항변을 하는구나!"

그러면서 문 태사가 크게 소리쳐 명했다.

"어느 장수가 먼저 역신을 잡겠느냐?"

왼쪽에서 등충이 열기있게 소리쳤다.

"제가 가겠습니다."

말을 달려 도끼를 휘두르며 황비호를 잡으러 갔다. 비호는 오색신우를 몰면서 손에 창을 들고 앞으로 나와 싸웠다. 장절이 창을 들고 와서 등충을 도왔다. 도영도 쇠채찍을 휘두르며 말을 달려나와 싸움을 도왔다.

서기에서는 무길이 말을 몰며 창을 휘둘러 도영에게 대적했다.

이리하여 두 진영 여섯 명의 장군이 세 쌍으로 나뉘어 번갈아 찌르고 상하로 오르내리며 싸우니 천지가 어두워지고 일월의 광채가 사라질 정도였다.

신환은 세 장수가 이기지 못하는 것을 보고 겨드랑이 속 날개로 공중에 날아올라 추찬을 들고 자아를 향해 내리쳤다. 이때 황천화가 옥기린을 몰아 두 자루의 은철퇴를 들고 신환을 맞았다.

그때 서주진영의 여러 장수들도 성탕진영에서 한 사람이 날아오르는 것을 보았다. 호두관虎頭冠을 썼으며 얼굴은 대추처럼 붉고 뾰족한 입에 입 밖으로 뻗쳐나온 긴 이빨인 흉악한 인상을 하고 있었다. 오직 황천화만이 그러한 신환과 싸울 수 있었다는 것을 장수들은 한참 뒤에야 알았다.

문 태사도 황천화가 옥기린을 타고 있는 것을 보고 도덕군자인 것을 알았다.

문 태사는 급히 흑기린을 몰아 두 가닥 금채찍을 휘두르면서 돌격하여 자아를 잡으려 했다. 자아는 사불상을 돌려 응대했다. 두 짐승이 뒤얽히자 운무가 피어올랐다. 이것이 바로 문 태사의 첫번째 서기대전이니, 과연 커다란 싸움이었다.

문 태사는 채찍 쓰는 법이 매우 뛰어났으며 우렛소리는 병사들에게 오랫동안 익숙하여 사방에서 그 소리에 응하자, 자아는 어떻게 대적해야 할지 매우 난감했다. 태사가 웅편雄鞭을 들어 공중에 날렸다. 이 채찍은 원래 두 마리의 교룡이 변한 것으로 두 채찍은 음과 양 두 기운으로 나뉘어 있었다.

채찍이 공중을 날아 자아의 어깨에 명중하여 자아가 말에서 떨어졌다. 문 태사가 막 목을 베려 할 때 나타가 풍화륜을 타고 창을 휘두르면서 소리쳤다.

"우리 사숙을 해치지 말라!"

나타가 문 태사의 얼굴을 향해 한 번 창을 찌르자 태사가 급히 창을 막을 때 신갑이 자아를 구출해 돌아갔다.

문 태사와 나타가 15합쯤 싸우고 있을 때 태사가 다시 채찍으로 나타를 내리쳤다. 나타는 미처 막지 못하고 채찍에 맞아 수레 밑으로 떨어졌다. 얼른 금타가 뛰어와 보검으로 금채찍을 막고 나타를 구하려 했다. 태사가 대노하여 쌍채찍으로 연달아 쳤는데 자웅의 구별없이 오르내리며 금타와 목타를 내리쳤고 또한 한독룡도 때렸다.

다행히 양전이 곁에 있다가 문 태사가 채찍을 낙화유수처럼 잘 다루는 것을 보고 은합마銀合馬를 달려나와 창으로 찔렀다. 태사는 양전의 용모가 비범한 것을 보고는 속으로 생각했다.

'서기에 이러한 기인이 있으니 어찌 반란을 일으키지 않겠는가?'

문 태사는 부지런히 채찍으로 맞이해 싸웠다. 여러 합을 싸운 뒤 쌍채찍을 사용하여 양전의 정수리를 명중시켰는데, 양전은 다만 불똥이 튀었을 뿐 전혀 아랑곳하지 않았다. 태사가 크게 놀라 탄식했다.

'이처럼 기이한 사람은 진실로 도덕군자일 것이다!'

한편 도영은 무길과 싸우고 있다가 여러 장수들이 승부를 가리지 못하는 것을 보고 취풍번聚風旛 깃대를 급히 꺼내 흔들자 삽시간에 모래와 돌이 나르고 흙먼지가 몰아쳐 하늘과 땅이 어두워졌다. 얼마나 매서운 바람인지, 바람이 남은 구름을 휘몰아가듯 불어 닥쳐 군사들은 깃발을 잃고 북을 내팽개쳤으며, 장군들은 투구가 휘어지고 갑옷이 삐뚤어져 동서를 분간치 못하고 패주하여 진영으로 돌아갔다.

문 태사가 승리하여 북을 울리며 진영으로 돌아와 군막을 걷어올리자 여러 장수들이 와서 축하했다.

"태사께서 첫번째 싸움에서 서기의 기세를 꺾으셨으니 이 성을 깨뜨리는 것은 다만 시간문제일 뿐입니다."

한편 자아가 군대를 수습하여 성으로 패주해 들어와 승상부에 들어서자 여러 장수들이 전각으로 와서 자아를 뵈었다.

"오늘 이처럼 여러 장수들이 다쳤구나. 이씨 세 장수와 한독룡 등이 모두 문 태사의 채찍에 맞았도다."

양전이 옆에 있다가 말했다.

"승상께서는 하루이틀 쉬셨다가 다시 그들과 싸운다면 문중을 이길 것입니다. 만약 승기를 틈타 적진을 습격하시어 먼저 기세를 꺾는다면, 그 뒤의 형세는 파죽지세일 것입니다."

사흘째 되는 날 서기에서 포성이 울리며 여러 장수들이 성에서 나와 진형을 배치했다. 정탐병이 문 태사 진영에 들어가 보고하자, 태사는 즉시 출병을 명했다. 좌우로 네 명의 장수들이 나뉘어 섰고 태사는 진 앞에 나가 섰다.

자아가 말했다.

"오늘 태사와 자웅을 겨루어 보리라!"

각기 말에 답하지도 않고 두 마리 짐승처럼 교전하면서 채찍과 검이 뒤엉켰다. 자아의 왼쪽에는 양전이 있었고 오른쪽에는 나타가 있어 문 태사에게 대항했다. 등충이 말을 앞으로 내달아 싸움을 돕자, 황비호가 앞으로 나와 서로 싸웠다. 장절·도영 두 장수가 돕자, 또한 무길·남궁괄이 맞서 싸웠다. 신환이 날아오르자 황천화가 저지했다.

한창 싸우고 있던 문 태사가 자웅의 채찍을 들어올렸다. 그러자 자아도 타신편 채찍으로 상대했다.

채찍이 채찍을 내려치자 문 태사의 자편雌鞭이 둘로 끊어져 땅에 떨어졌다. 태사가 크게 소리쳤다.

"이놈! 지금 내 보물의 영험을 상하게 했으니 나와 너는 서로 양립할 수 없도다!"

자아가 다시 타신편을 들어올려 태사를 향해 내리쳤다. 태사는 이 채찍의 화를 면할 수 없었으므로 그만 말에서 떨어지고 말았다. 다행히 문하인 길립과 여경이 급히 말을 몰아 구출했고, 태사는 토둔법을 써서 겨우 피할 수 있었다. 자아와 장수들은 크게 적을 무찌르고 병사를 거두어 서기성으로 돌아왔다.

양전이 나아가 자아에게 아뢰었다.

"오늘 적을 무찌른 일은 틀림없이 대승입니다."

"좋습니다. 여러 장수들은 잠시 물러갔다가 오후에 다시 명에 따르시오."

문 태사가 패한 군대를 이끌고 진영에 들어와 군막에 앉자, 네 장수가 이르렀다.

태사가 말했다.

"정벌나간 이래 일찍이 패한 적이 없었는데, 오늘 강상에게 맞아 나의 자편이 끊어졌네. 나의 스승께서 비밀히 교룡금편蛟龍金鞭을 전해 주셨는데 오늘 끊어뜨리고 말았으니 무슨 낯으로 다시 스승님을 뵙겠는가!"

네 장수가 말했다.

"승패는 병가지상사입니다."

한편 자아는 북을 울려 장수들을 소집했다. 자아는 황비호·황비표黃飛彪·황명黃明 등에게 명하여 문 태사의 왼쪽 진영을 공격하게 했고, 남궁괄·신갑·신면 등 4현賢에게는 오른쪽 진영을 공격하라 명했다. 나타·황천화에게는 선봉이 되어 원문을 공격하게 했다. 또한 목타·금타·한독룡·설악호에게는 2진이, 용수호·무길은 자아를 보호하여 3진이 되게 했다. 그런 다음 양전에게 명했다.

"그대는 문 태사의 군량미를 불태우고, 노장군 황곤은 성을 지키시라."

이렇게 하여 진영의 배치가 정해졌다.

이때 문 태사는 군막 아래에 앉아 울적하여 기분이 몹시 좋지 않았다. 홀연 살기가 중군군막에 가득 차는 것을 보고 태사는 향을 피워 금전으로 점을 쳤다. 점괘가 나오자 태사는 이미 적의 뜻을 알고 조소했다.

'지금 우리 진영을 습격하려는군. 그다지 뛰어난 계책은 아니지!'

급히 명을 내렸다.

"등충·장절은 좌진영에서 서주병사를 막고, 신환·도영은 우진영에서 서주군을 막고, 길립·여경은 군량미를 지키라. 나는 중군을 지킬 터이다. 그리하면 아무 염려 없을 것이다."

문 태사가 적을 맞을 준비를 하고 있을 때, 자아는 여러 장수들에게 모든 준비를 끝맺게 하고 다만 포성이 울리기만을 기다리고 있었다. 때가 되자 병사들을 몰래 성 밖으로 내보내 사방팔방에서 신호를 하며 횃불을 높이 쳐들고 각자의 방향을 잡았다.

때가 초경에 이르러 한 발의 포성이 울리자 3군이 고함을 지르며 대원문大轅門을 향하여 진군했다. 나타·황천화가 먼저 돌진했고, 좌진영으로는 황씨부자가, 우진영으로는 4현의 여러 장수가 일제히 공격해 쳐들어갔다.

聞太師西岐大戰

문 태사가
서기에서 크게 싸우다

강자아와 여러 장수들이 문 태사의 진영을 습격하는 기세가 타오르는 들불 같았다. 나타는 풍화륜에 올라 화첨창으로 공격했고, 태사는 급히 흑기린에 올라 채찍으로 맞섰다. 황천화는 용맹스럽게 두 자루의 은철퇴를 들고 옥기린을 몰아 앞으로 달려나가 태사를 둘러싸고 놓아주지 않았다. 금타와 목타는 보검을 휘두르면서 앞으로 나와 싸움을 도왔다. 한독룡과 설악호는 각기 칼을 들고 좌우에서 공격했다.

살기가 등등하고 무기들이 번득였다. 황비호 부자는

좌진영을 공격하면서 등충·장절과 큰 싸움을 벌였는데, 하늘과 땅이 어두워지도록 승부가 나지 않았다. 남궁괄·신갑 등은 우진영을 공격하면서 신환·도영 등과 접전하여 밤새도록 계속 싸우니 처참한 바람이 불고 우수어린 구름이 덮는 줄도 몰랐다.

이렇게 한창 싸우고 있는데 양전이 문 태사 진영의 뒤를 공격해 들어가 말을 몰고 창을 휘둘러대며 마초더미에 불을 질렀다. 삽시간에 엄청난 불꽃이 일었다. 연기가 날려 천지사방을 감쌌고, 군량은 이미 수북하니 잿더미로 변했다.

문 태사는 싸우다가 홀연 불이 나는 것을 보고 마음속으로 크게 놀라면서 생각했다.

'식량과 마초에 불이 붙었으니 어찌 큰 진영이 견뎌내겠는가.'

이리되자 금채찍으로 창과 칼을 막으면서도 싸움에는 그다지 마음을 쏟을 수가 없었다. 또 자아가 말을 타고 타신편을 공중에 치켜들었는데, 문 태사는 이 채찍을 피하지 못하고 다만 삼매화三昧火를 주위 3·4척 거리에 뿜으며 흑기린을 몰아 포위를 벗어났다.

한편으로 싸우고 한편으로 도망가는데 황비호 등이 추격해 왔다. 등충과 장절은 중군이 무너지는 것을 보고 문 태사를 보호하여 활로를 뚫어 달아났다. 남궁괄 등은 신환·도영을 추격했고, 길립·여경은 형세가 좋지 않아 더 이상 지탱할 수 없음을 보고 달아나는 수밖에 없었다. 신환은 퍼덕퍼덕 공중을 날면서 문 태사를 보호하여 마침내 기산岐山으로 퇴각했다.

한편 종남산 옥주동의 운중자雲中子는 벽유상에서 홀연 태사가 서기를 정벌하러 갈 때가 바로 뇌진자雷震子가 하산할 때인 것을 생각하고 급히 금하동자에게 명했다.

"너의 사형을 오라 해라."

금하동자가 떠난 지 얼마 되지 않아 뇌진자가 벽유상 앞에 이르러 몸을 숙여 절했다.

운중자가 말했다.

"제자야! 네가 서기에 가거든 너의 형인 무왕 희발姬發을 만나거라. 그러면 너의 사숙인 자아를 뵐 수 있을 것이니 그를 도와 천자를 벌하여 공을 세워라. 만약 중도에 날개달린 사람을 만난다면 필히 공을 세울 수 있으리라. 내가 너에게 전해 준 양시현공兩翅玄功을 저버리지 말고 서주왕실을 도와라."

명을 받든 뇌진자가 동굴에서 나와 풍뢰시風雷翅를 흔들자 발이 하늘로 향하고 머리는 아래로 향하여 두 날개로 날아 금세 1만 리를 날아갔다.

뇌진자가 누군가? 그는 종남산에서 선천先天의 비법을 비밀히 전수받았고, 팔괘로八卦爐 가에서 스승의 가르침을 완성했는데, 일찍이 7살 때 산으로 들어와 기예를 익혀 더욱 총명해진 것이었다.

뇌진자가 종남산을 떠나 서기산으로 날아가노라니, 멀리 문 태사의 패잔병이 다가오는 것이 보였다. 뇌진자는 크게 기뻤다.

"다행히 패잔병을 만났으니 힘껏 진영을 격파할 때로다."

한편 황급히 도망치던 문 태사는 문득 공중으로 한 사람이 날아오는 것을 보았는데, 얼굴은 푸른색이고 머리칼은 붉으며 긴 이빨이 아래 위에서 뻗어나와 흉악한 몰골이었다.

문 태사가 소리쳤다.

"신환! 앞에 날아오는 사람을 보라! 매우 흉측하게 생겼으니 조심하라!"

말이 미처 끝나기도 전에 뇌진자가 "내가 간다!"라고 소리치며 그들을 향해 몽둥이로 쳤다. 신환이 추찬으로 받아쳤다. 공중에서 네 개의 날개가 퍼덕이며 철추와 곤봉이 부딪쳐 소리가 울렸다. 뇌진자는 선계에서 전수받은 곤법棍法이었고, 신환은 타고 난 영웅이었다.

그렇지만 몇 합을 더 겨루지 못하고 신환은 힘이 부치다고 판단하며 몸을 돌려 기산으로 달아났다. 뇌진자는 혼자 생각했다.

'추격할 필요가 없지. 사숙과 왕형王兄을 만나노라면 결국에는 다시 만나게 될 것이다.'

뇌진자는 곧 서기성의 승상부로 향했다.

여러 사람들이 자아의 승상부로 가서 적진을 습격하여 승리를 얻은 일의 공을 보고하고 있었다. 자아는 크게 기뻐하며 여러 장수들을 위로했다.

"오늘의 승리는 모두 여러분의 힘에서 나온 것으로 성주聖主와 사직과 백성의 복이요."

여러 장수들이 대답했다.

"무왕의 홍복과 승상의 덕스러운 정치가 있는데, 문태사가 정세를 알지 못하여 그 이로움을 놓친 것입니다."

그때 보고가 들어왔다.

"한 동자가 뵙기를 청합니다."

"들어오라 하라."

얼마 후 뇌진자가 승상부로 들어와 절을 하며 말했다.

"사숙!"

자아가 물었다.

"어느 명산의 제자이기에 지금 이곳에 이르러 나를 사숙이라 하시는가?"

"저는 종남산 옥주동 운중자 문하의 뇌진자입니다. 지금 스승의 명을 받들고 산을 내려왔는데, 첫째는 사숙을 만나뵙고 공을 세우는 것이며, 둘째는 왕형을 뵙는 것입니다."

"그대의 왕형은 누구를 가리키는가?"

"저의 왕형은 바로 무왕이십니다."

자아가 전각 아래 서 있는 좌우사람들에게 물었다.

"너희들이 아는 사람인가?"

"알지 못합니다."

뇌진자가 말했다.

"저는 7살 때 아버지 문왕을 구출하여 5관을 나가게 했습니다. 제가 바로 연산燕山의 뇌진자입니다."

자아는 그때서야 깨닫고 여러 장수들에게 말했다.

"이분은 선왕께서 일찍이 말씀하시길 5관을 벗어날 때 뇌진자를 만나 보호받았다고 하셨는데, 오늘 서기로 들어왔으니 우리 군왕의 홍복으로 이런 기이한 사람을 얻게 되었소이다."

자아가 뇌진자를 이끌고 왕성에 이르자 집전관이 무

왕에게 아뢰었다.

"승상께서 어명을 기다리십니다."

"드시라 하라."

자아는 궁전에 들어가 예를 마치고 아뢰었다.

"대왕의 어제御弟께서 뵙고자 합니다."

"내 동생 누구 말이오?"

"옛날 선왕께서 연산에서 거두신 뇌진자가 이제까지 종남산에서 무예를 닦다가 방금 돌아왔습니다."

무왕이 깜짝 놀라 명했다.

"들라 하라."

뇌진자가 내전으로 들어 몸을 굽혀 절하고는 말했다.

"왕형!"

"아우! 옛날 선왕께서 현명한 동생의 공을 말씀하셨는데, 위급함에서 구출하여 관문을 빠져나가게 하고 종남산으로 되돌아갔다고 들었느니라. 오늘 서로 만나게 되니 실로 경사스러운 일이구나."

그러나 무왕은 뇌진자의 모습이 흉악한 것을 보고 감히 내궁으로 들어오라고는 하지 못했는데, 태희太姬 등 여인들이 놀랄까 염려한 것이었다.

왕이 말했다

"승상께서 나 대신 승상부에서 동생을 위해 연회를

베풀어 주시오."

자아가 말했다.

"뇌진자는 정진결재精進潔齋하시오. 저를 따라 승상부로 오시기만 하면 곧 공을 세울 수 있을 것입니다."

무왕은 매우 기뻐했다.

한편 문 태사는 패주하여 기산에서 70리 되는 곳에서 패잔병들을 끌어모아 진영을 만들고 점검해 보니 손실된 병력이 무려 2만을 넘었다. 태사는 회의를 열고 탄식했다.

"지금까지 군사를 일으켜 정벌한 지 수년이나 되었으나 일찍이 예봉을 꺾인 적이 없었소. 오늘 이곳에 이르러 기회를 잃고 또 군사들을 잃었으니 어찌 애통하다 하지 않겠소!"

마음속으로 몹시 괴로웠으나 스스로 생각해 보아도 달리 방법이 없었다. 따로 장수를 배치하여 각기 진지를 지키게 할 뿐이었다. 문 태사는 충성스러운 마음으로 잠시나마 서쪽 땅을 평정하여 마음을 후련하게 하지 못하는 것이 한스러웠다. 어찌 지금처럼 기회를 잃고 욕을 당할 줄 알았겠는가? 다만 신목神目을 뜨고 탄식할 따름이었다. 신목은 두 눈 이외에 이마 한가운데의 눈이 하나가 더 있어 이를 두고 한 말이다.

길립이 앞으로 나와 말했다.

"태사께서는 근심치 마십시오. 3산5악에 도우들이 자못 많은데 혹 한두 분만 청하더라도 이 일은 자연스럽게 해결될 것입니다."

"이 노부가 군대의 일이 번잡스럽고 마음이 어지러워 잠시 잊고 있었도다."

드디어 군막을 걷고 등충·신환 두 장수에게 명했다.

"군영을 잘 보살피라. 내가 갔다 오리라."

문 태사가 흑기린을 타고 풍운각風雲角을 한번 두드리자 흑기린이 공중으로 날아올랐다. 태사의 흑기린은 천하를 주유하여 삽시간에 천 리를 지나 그날로 동해 금오도金鰲島에 도착했다. 태사가 큰 바다를 살펴보니 저도 모르게 탄식이 나왔다.

'나는 국사의 번잡함과 선왕께서 나에게 맡긴 임무의 중대함에 매달려 있으니, 언제나 이 번뇌에서 벗어나 고요히 부들방석에 앉아 현묘한 도리를 깨달으며, 한가로이 『황정경』 한 권을 읽고 새와 토끼가 빈번히 왕래하며 나와 함께 할 수 있겠는가!'

금오도는 참으로 훌륭했으며 기이한 경치가 무궁무진했다. 조수가 용솟음치자 은산어銀山魚가 굴속으로 들어가고, 파도가 철썩이자 설랑신雪浪蜃 이무기가 바다 깊은 곳으로 들어갔다.

동남쪽 모퉁이에는 흙이 높다랗게 쌓여 있고, 동서쪽 벼랑에는 가파른 준령이 솟아 있었다. 기암괴석 또한 장관을 이루고 있었다. 그리하여 마치 영겁의 시간에도 움직이지 않는 대지의 근원인 듯했다.

문 태사가 흑기린에서 내려 한 차례 둘러보니 각 동부의 문이 굳게 닫혀 있고 사람이 보이지 않았는데 어디로 갔는지 알 수 없고 그저 고요만이 있을 뿐이었다.

'다른 곳으로 가서 찾아보는 게 낫겠구나.'

흑기린에 올라타고 막 성을 나오려 하는데 뒤에서 어떤 목소리가 들렸다.

"문 도형! 어디로 가십니까?"

문 태사가 고개를 돌려보니 함지선菡芝仙이었다. 급히 예로써 인사하면서 물었다.

"도우께서는 어디로 가시오?"

함지선이 대답했다.

"특별히 당신을 만나러 왔습니다. 금오도의 여러 도우들은 당신을 위해 백록도白鹿島에 가서 진도陣圖에 관해 훈련하고 있습니다. 전날 신공표가 와서 우리에게 서기로 가서 당신을 도우라고 부탁했습니다. 나는 지금 팔괘로八卦爐에서 무언가를 만들고 있는데, 아직 완성되지 않았습니다. 만약 이것이 완성되면 즉시 갈 것입니다. 여러 도우들이 현재 백록도에 있으니, 도형은 속히 그리로 가십시오."

문 태사는 이야기를 다 듣고 매우 기뻐하며 곧장 백록도로 향했는데 삽시간에 이르렀다. 과연 여러 도인들이 보였는데, 어떤 이는 일자건一字巾이나 구양건九揚巾을 두르고, 혹은 어미금관魚尾金冠이나 벽옥관碧玉冠을 썼으며, 어떤 사람은 쌍조계雙抓髻 상투를 틀었고, 어떤 이는 두타승 모양의 머리를 하고 있었다. 모두들 산비탈에서 한가로이 이야기하며 여유를 즐기고 있었다.

문 태사가 보고 크게 소리쳤다.

"여러 도우들, 잘들 있었소이까?"

여러 도인들이 고개를 돌려 문 태사를 보고 모두 몸을 일으켜 맞이했다. 안쪽에 진秦천군이 있다가 말했다.

"문 도형께서 서기를 정벌하러 가신다고 들었소. 전날 신공표가 이곳에 와서 당신을 도우라 하기에 우리들은 이곳에서 십진도를 연습하여 방금 완성했소. 마침 도형께서 오셨으니 일이 순조롭기 그지없소그려!"

"도형께서 연습하신 것은 어떤 십진도요?"

"우리들의 이 십진도는 각기 오묘한 쓰임이 있소. 내일 서기에 가서 펼쳐보이면 변화가 실로 무궁할 것이오."

문 태사가 다 살펴보고 말했다.

"어찌 아홉 분뿐이오? 한 분이 모자랍니다."

"금광성모金光聖母는 백운도白雲島에서 금광진金光陣을 연습하고 계신데 그 현묘함이 크게 다르오. 이 때문에 한 분이 부족한 것이오."

동董천군이 물었다.

"여러분의 진도는 완성되었소이까?"

여러 도인이 일제히 대답했다.

"모두 완성되었소."

"이미 완성되었으면 우리가 먼저 서기로 갑시다. 문 도형은 이곳에서 금광성모를 기다렸다가 함께 오십시오. 도형들께 너무 재촉하는 것은 아닌지요?"

"이미 여러 도형들의 은혜를 입었으니 이 문중은 천천만만의 영광에 감격했습니다. 이것은 극히 오묘한 일입니다."

아홉 명의 도인들은 문 태사에게 인사하고 수둔법을 운행하여 홀연히 서기로 향했다.

아홉 도인이 떠난 뒤 문 태사는 산기슭 소나무 바위에 기대어 앉아 있었다. 얼마 안되어 정남향에서 오점반표구五點斑豹駒 망아지를 타고 오는 한 사람이 보였다. 그는 어미금관에 대홍팔괘의大紅八卦衣를 입고 허리는 명주 끈으로 묶었으며 발에는 운리雲履를 신었다. 등에는 보자기를 두르고 두 개의 보검을 찼는데, 나는 구름이 번개를 끌고 오듯 달려오고 있었다.

그가 백록도를 바라보니 단지 한 사람만 보였는데, 붉은 옷을 입고 세 개의 눈을 가졌으며 누런 얼굴에 긴 수염을 한 도인이었다. 알고 보니 문 태사라, 금광성모는 급히 말에서 내려 말했다.

"문 도형께서 어떻게 오셨습니까?"

두 사람이 예를 행하고 나자, 금광성모가 주위를 둘러보더니 다시 물었다.

"아홉 도우들은 어디로 갔습니까?"

"그분들은 먼저 기산으로 갔습니다. 나는 이곳에서 도우와 함께 가려고 기다리고 있었습니다."

두 사람은 함께 운광雲光에 올라타 서기로 향하니 삽시간에 도착했다. 진영에 도착하자 길립이 여러 장수들을 거느리고 맞이했다. 곧 중군의 군막에서 회의를 하고 있던 여러 도인들과도 만났다. 진천군이 말했다.

"서기성은 어디에 있소?"

문 태사가 말했다.

"나는 지난밤 패했기 때문에 70리나 물러나 군영을 설치했습니다. 이곳은 기산입니다."

여러 사람들이 말했다.

"우리는 밤새워 병사들을 일으켜 돌진합시다."

문 태사는 등충에게 전위부대를 일으켜 인원을 점검케 한 다음, 한 발의 포성을 울리며 서기성을 향해 달려가 진영을 설치했다. 삼군은 진영이 설치되었다는 소식을 포를 쏘고 소리를 질러 전달했다.

자아는 승상부에서 승리한 뒤에도 여러 장수들과 매일 대사를 논하고 있었다. 홀연 함성이 들리자 자아가 말했다.

"문 태사는 반드시 구원병을 청해 올 것이다."

옆에서 양전이 대답했다.

"태사가 패한 지 보름이 되었습니다. 제가 듣기로 태사는 절교截教의 문인이므로 반드시 다른 좌도방문의 객을 청했을 것이니 조심해서 방비해야 합니다."

자아가 듣더니 마음속에 의혹이 생겨 나타·양전 등과 함께 성루로 올라가 살펴보니, 이번에는 문 태사의 군영에 크게 다른 점이 있었다. 군영에는 근심어린 구름이 처참하게 깔리고 싸늘한 안개가 드날리며 살기가 빛나고 비장한 바람이 불어왔다. 또 10여 차례 검은 기운이 피어올라 하늘을 찌르며 중군의 군막을 휘감아 돌고 있었다.

자아가 살펴보더니 놀라움을 금치 못했다. 여러 제자들도 같은 느낌이라 아무도 말이 없었다. 성루를 내려와 승상부에 들어 적을 물리칠 방법에 대해 회의를 열었으나 달리 뾰족한 대책이 없었다.

이때 문 태사는 진영을 설치하고 열 사람의 천군과 더불어 서기를 물리칠 계책에 대해 회의를 열었다. 원홍 천군이 말했다.

"나는 강자아가 곤륜의 문하라고 들었습니다. 생각건대 두 교는 서로 의지하고 결국엔 하나의 이치를 가졌습니다만, 만약 인간속세의 싸움이라면 우리들은 반드시 이를 염두에 둘 필요는 없다고 생각합니다. 이미 연습한 십진을 써서 우리가 먼저 그와 지혜를 겨루어본다면 마땅히 두 교 중에서 현묘한 것이 드러날 것입니다. 만약 용맹에 의지해 힘으로 싸우려 한다면 그것은 우리 도인들이 행할 바가 아닌 것입니다."

문 태사가 말했다.

"도형의 말씀이 지극히 옳습니다."

다음날 문 태사의 진영에서 한 밤의 포성이 울리고 진세를 펼쳤다. 태사는 흑기린을 타고 자아에게 나와서 답하라고 청했다. 보고가 승상부에 들어오자 자아는 삼군을 배치하여 성을 나서게 했는데, 오색 깃발을 나누어 들게 하여 여러 장수들은 위풍당당했다.

자아는 사불상을 타고서 태사진영이 펼친 진의 형세를 살펴보는데, 태사는 기린을 탄 채 금채찍을 들고 앞에 서 있고, 뒤에는 열 사람의 도인들이 눈에 띄었다.

도인들의 얼굴은 한결같이 흉악하기 짝이 없었는데, 각기 다른 색깔로 청·황·적·백·홍의 5색이었다. 그들은 모두 사슴을 타고 있었다.

잠시 뒤 사슴을 탄 진천군이 앞으로 나아가 자아를 보고 말했다

"강자아, 안녕하시오?"

자아도 몸을 숙이며 답했다.

"도형께서도 안녕하십니까? 여러 도형들께서는 어느 명산 어느 동부에 계셨던지 모르겠군요?"

"나는 금오도의 연기도사煉氣道士 진완秦完이오. 당신은 곤륜의 문객이고 우리는 절교문하인데 무엇 때문에 당신은 도술에 의지하여 우리 교를 모욕하시오? 진실로 당신은 우리 도가의 체면도 돌보지 않는 분이군요."

"도우께서는 무슨 근거로 내가 도우의 교를 업신여긴다고 하십니까?"

"당신은 구룡도의 마가 네 형제를 죽였으니 그것으

로써 우리 교를 업신여긴 것이 되지요. 지금 우리들은 산에서 내려와 당신과 자웅을 겨루어 보려고 왔소이다. 우리가 각기 전수받은 비법으로 대략이나마 솜씨를 보여주겠소."

"도형은 이치에 밝게 통달하여 사방을 두루 비추고 처음부터 끝까지 상하로 두루 미치는 듯하니 알겠지만 본래 우리와 다름이 없습니다. 그러니 잘 들어보십시오. 천자 주는 무도하여 기강을 무너뜨리고 왕기王氣를 흐리게 했습니다. 서쪽 땅에서 어진 군주가 이미 나타나셨으니 천시에 순응하여 자신의 성정性情을 미혹시키지 마십시오. 또한 봉황이 기산에서 울어 성현께서 나타나신 징조에 응했습니다. 지금까지 도 있는 자는 무도한 자를 물리쳤고 복 있는 자는 복 없는 자를 눌렀으며, 바른 것은 능히 사악함을 이길 수 있었고 사악함은 바른 것을 범할 수 없었습니다. 도형께서는 어릴 때부터 뛰어난 스승께 배워 큰 도를 깊이 깨달으셨을 줄 알겠는데 어찌하여 이런 이치에는 밝지 못하십니까?"

"당신이 말한 바를 따른다면 서주는 실로 하늘의 명을 받은 나라요, 천자는 무도한 임금이 되오. 우리들이 이번에 온 것은 천자를 도와 서주를 멸하려고 하는 것인데, 어찌 이것을 천시에 응하지 않은 것이라고 할 수 있겠소? 강자아, 우리들은 섬에서 모여 십진을 연습했으니 당신에게 펼쳐보여 주겠소. 꼭 힘을 다할 필요는 없을 듯하나, 생명을 사랑하시는 상제의 어지심을 해치거나 무고한 백성에 누를 끼치거나, 용감한 병졸과 지모있는 장수들이 이 불운을 만나 그 몸이 죽어 썩어버리게 될까 두렵소이다. 그대의 의견은 어떠한지 모르겠소?"

"도형께 그런 뜻이 있다면 강상이 어찌 감히 명을 어길 수 있겠소?"

살펴보니, 열 사람의 도인들이 모두 말을 몰아 진영으로 돌아가 한두 시각 만에 열 개의 진을 갖추어 배열하고 나타났다. 진완이 다시 진 앞으로 나와 말했다.

"강자아, 십진도가 이미 완성되었으니 공께서는 자세히 살펴보기 바랍니다."

자아가 나타·황천화·뇌진자·양전 네 사람을 거느리고 와서 진을 살펴보았다.

그때 문 태사가 영문에서 살피니 자아가 네 명의 수하를 데리고 왔는데, 한 사람은 풍화륜에 올라 화첨창을 들고 있었으니 이는 나타였고, 옥기린을 탄 사람은 황천화였으며, 뇌진자는 흉악하고 괴이한 모습을 하고 있었고, 양전은 도기道氣로 의젓한 모습이었다.

양전이 앞으로 나와 진천군에게 말했다.

"우리들이 이 진을 살펴보건대 암병暗兵·암보暗寶로써 우리 사숙을 몰래 해칠 수는 없소이다. 실로 대장부가 취할 바는 못됩니다."

진완이 웃으면서 말했다.

"그대들의 처단은 첫새벽거리일 뿐 한낮까지 기다릴 필요도 없다. 어찌 암보로 그대들을 다치게 할 리가 있겠는가!"

나타가 말했다.

"입으로 하는 말을 어찌 믿을까? 행동으로 보이라. 도인이라는 사람들이 웬 허풍이람!"

네 사람은 자아를 보호하며 진을 살폈다.

맨 앞의 첫번째 진을 살펴보니 한 개의 팻말을 내걸었는데 위에는 천절진이라 쓰여 있었고, 두번째에는 지열진, 세번째에는 풍후진, 네번째에는 한빙진, 다섯번째에는 금광진, 여섯번째에는 화혈진, 일곱번째에는 열염진, 여덟번째에는 낙혼진, 아홉번째에는 홍수진, 열번째에는 홍사진이라고 쓰여 있었다. 자아는 모두 살펴보고 다시 진 앞으로 나왔다. 진천군이 말했다.

"자아는 이 진들에 대해 아시오, 모르시오?"

"10진이 모두 명확하여 나는 이미 알았소이다."

원천군이 물었다.

"깨뜨릴 수 있겠소?"

"이미 도법에 들어 있는 것들인데 어찌 깨뜨릴 수 없겠소?"

"언제 오겠소?"

"이 진들은 아직 완전치 못하오. 만 하루 후에 서찰로 회전會戰을 알리고 이 진을 깨뜨리겠소. 안녕히들 계시오!"

자아는 여러 도우들과 더불어 돌아왔다. 진영으로 돌아온 자아는 근심에 겨워 양미간을 찌푸릴 뿐 어찌할 방도가 없었다. 양전이 곁에서 물었다.

"사숙께서 방금 전에 그 진들을 깨뜨릴 수 있다고 말씀하셨는데 실제로 깨뜨릴 수 있으십니까?"

"그 진들은 절교에 전해 내려오는 것으로 모두 희귀한 요술이다. 진의 이름도 들어보지 못했는데 어찌 격파할 수 있겠느냐?"

한편 문 태사는 여러 도인들과 함께 진영에 들어와 주연을 베풀며 후대했다. 몇 순배가 돌자 태사가 물었다.

"도우, 이 10진은 어떠한 묘법으로 서기를 격파할 수 있는 것이오?"

진천군이 십절대진十絶大陣에 대해 설명하기 시작했다.

44
子牙魂遊崑崙山

자아의 혼이
곤륜산을 노닐다

 진秦천군이 문 태사에게 천절진天絶陣에 대해 설명했다.
 "이 진은 우리 스승께서 일찍이 선천지수先天之數를 풀어내어 만드신 것으로, 선천의 맑은 기운을 얻어 혼돈된 기미가 안에 감추어져 있습니다. 중간에 세 개의 깃발이 있는데 천·지·인 3재才에 근거한 것으로 모두 합쳐 하나의 기氣가 됩니다. 만약 사람이 이 진 가운데로 들어가면 천둥소리가 울리면서 한 줌 먼지로 변합니다. 도인이 이곳에 들어가면 사지가 떨리며 부서지는 까닭에 천절진이라고 하는 것입니다."

문 태사가 크게 기뻐하면서 또 물었다.

"지열진地烈陣은 어떠한 것입니까?"

조趙천군이 말했다.

"나의 지열진 또한 지도지수地道之數에 근거한 것으로, 안으로는 작아졌다 커졌다 하는 형체를 품고 있으며 밖으로는 숨었다가 드러났다가 하는 오묘함이 나타나 변화가 무쌍합니다. 안에 한 개의 홍색 깃발을 숨기고 있는데 이것을 흔들면 위로는 천둥소리가 울리고 아래에서는 불길이 치솟습니다. 무릇 인간과 신선들이 이곳에 들어가면 다시 살아날 방도가 없습니다. 설사 오행의 뛰어난 술수를 가지고 있다 해도 어떻게 이러한 재액을 피할 수 있겠습니까?"

문 태사가 또 물었다.

"풍후진風吼陣은 어떠합니까?"

동董천군이 대답했다

"나의 풍후진에는 현묘함이 숨겨져 있는데 지·수·화·풍에 근거한 술수로, 안에 바람과 불이 숨어 있습니다. 이 바람과 불은 선천의 기로서 삼매진화三昧眞火이니 백만 개의 칼이 이 속에서 나오게 됩니다. 만약 사람이나 신선이 이곳에 들어가면 바람과 불이 번갈아 일어나며 만 개의 칼날이 일제히 찔러대어 사지가 가루로 변하게 됩니다. 설령 바다를 뒤엎고 산을 옮기는 기이한 술수가 있더라도 몸이 액체로 변하는 것은 피하기 힘들 것입니다."

문 태사가 또 물었다.

"한빙진寒冰陣에는 어떠한 오묘함이 있소?"

원袁천군이 말했다.

"이 진은 하루 이틀의 공으로 이루어지는 것이 아닙니다. '한빙'이라 부르지만 실은 칼산입니다. 안에 현묘함이 숨겨져 있는데 바람과 천둥소리가 들리고 위에는 이리이빨 같은 얼음산이 있고 아래에는 칼과 같은 얼음덩이가 있습니다. 사람이나 신선이 이 진에 들어오면 바람과 천둥이 울리면서 상하가 하나로 합쳐져서 사지가 부서져 가루가 됩니다. 설사 기이한 술법이 있다 해도 이 어려움은 피할 수 없습니다."

문 태사가 또 물었다.

"금광진金光陣에는 어떠한 묘법이 있습니까?"

금광성모金光聖母가 말했다.

"빈도의 금광진은 안에 해와 달의 정기를 빼앗아 천지의 기를 숨기고 있으며, 그 안에 21면의 보물거울이 있는데 21개의 긴 자루 끝마다 한 면의 거울이 걸려 있어서 한 개의 거울을 이룹니다. 만약 사람이나 신선이 들어가면, 이 거울이 끌어당겨져 천둥소리가 거울을 진동시키고 한두 차례 돌면서 금빛을 발사하여 그 몸에 비치면 즉시 녹아 수분으로 되어버립니다. 설사 날아갈 수 있다고 해도 이 진에서 벗어나기는 힘듭니다."

문 태사가 또 물었다.

"화혈진火血陣은 어떠한 쓰임이 있습니까?"

손孫천군이 말했다.

"나의 이 진법은 선천의 영기를 사용한 것으로, 안에 바람과 천둥소리가 있고 여러 조각의 검은 모래가 숨겨져 있습니다. 사람이나 신선이 이 진에 들어가면 우렛소리가 나면서 바람이 검은 모래를 휩쓸어 일어나게 하여 조금이라도 닿기만 하면 곧 핏물이 흘러내리게 됩니다. 설사 신선이라고 해도 해를 피하기 힘듭니다."

문 태사가 또 물었다.

"열염진烈焰陣은 어떤 것입니까?"

백白천군이 말했다.

"나의 열염진은 오묘한 쓰임이 무궁하니 결코 평범한 것이 아닙니다. 세 가지 불길이 숨겨져 있는데 삼매화三昧火·공중화空中火·석중화石中火입니다. 이 세 가지 불길이 하나의 기로 합쳐지며, 중간에는 세 개의 붉은 깃발이 있습니다. 사람이나 신선이 이 진의 내부로 들어오면 세 개의 깃발이 흔들리고 세 가지 불길이 일어나 순식간에 재로 변하게 됩니다. 설사 불을 피하는 진언眞言을 외운다고 해도 이 삼매진화를 피할 수는 없습니다."

문 태사가 또 물어보았다.

"낙혼진落魂陣에는 어떠한 오묘함이 있습니까?"

요姚천군이 말했다.

"나의 이 진은 하찮은 것이 아닙니다. 생문生門을 닫고 사호死戶를 열어 그 안에 천지의 매서운 기운을 결집하여 이루어진 것으로, 안에는 흰 깃발이 하나 있고 위에는 부인符印이 찍혀 있습니다. 만약 사람이나 신선이 이 진 안에 들어가면 흰 깃발이 펄럭이면서 혼백이 떨어져 나가 삽시간에 재가 됩니다. 신선은 물론이고 누구든지 들어가면 사라지게 됩니다."

문 태사가 또 물었다.

"홍수진紅水陣은 어떤 것입니까? 그 오묘한 쓰임은 어떠합니까?"

왕王천군이 말했다.

"나의 홍수진은 임계壬癸 즉 북방의 정기를 빼앗고 천을天乙 즉 태양의 오묘함을 숨겼으니 실로 변화를 예측할 수 없습니다. 가운데 한 개의 8괘대八卦臺가 있는데 누대 위에는 세 개의 호리병이 있습니다. 사람이나 신선이 진에 들어가면 호리병이 아래로 던져지면서 붉은 물이 쏟아져 끝없이 넓게 펼쳐지는데, 만약 그 물이 한 방울이라도 몸에 묻으면 금시에 피로 변하게 됩니다. 설사 신선이라도 피할 수 없습니다."

문 태사가 또 물었다.

"홍사진紅砂陳은 필경 더욱 뛰어나고 기이할 것이니, 번거롭더라도 가르침을 주셔서 나의 마음을 시원하게 해주십시오."

장張천군이 말했다.

"나의 홍사진은 정말 기묘하고 만든 방법이 더욱 정밀합니다. 안에는 천·지·인 3재가 자리잡고 있어 세 가지의 기로 나뉘며, 그 안에 붉은 모래 3말이 들어 있습니다. 보기에는 붉은 모래이지만 몸에 붙으면 예리한 칼날이 되니, 위로는 하늘도 알지 못하고 아래로는 땅도 알지 못하며 중간으로는 사람도 알지 못합니다. 만약 사람이나 신선이 이 진에 들어가게 되면 바람과 천둥이 휘몰아치고 나는 모래가 사람을 상하게 하여 즉시 해골이 부서져 가루가 되어버립니다. 설사 신선이나 부처라 해도 이것을 만나면 벗어나지 못합니다."

문 태사는 다 듣고 나서 크게 기뻐했다.

"지금 여러 도우들께서 이곳까지 오셨으니 서기는 머

지않아 격파될 것입니다. 설사 백만의 군사와 천 명의 맹장이 있다 해도 어찌 대적하겠습니까? 이것은 실로 사직의 복입니다."

그 중에서 요천군이 말했다.

"여러 도형들! 빈도의 생각에 따른다면 서기성은 비좁은 땅에 불과하며 자아도 필부에 불과한데 어찌 이 십절진을 통과할 수 있겠습니까? 소제가 작은 술법만 펼치더라도 자아를 죽일 수 있을 것이니 적군에는 주인이 없게 되어 서기는 자연 와해되어 버릴 것입니다. 속담에도 '뱀은 머리가 없으면 갈 수가 없고, 군대는 주인이 없으면 바로 어지러워진다'고 했습니다. 어찌 꼭 구구하게 더불어 승부를 겨뤄야 하겠습니까?"

문 태사가 말했다.

"도형께서 기이한 술법으로 강상을 스스로 죽게 하고 또한 활시위를 당기지도 않고 군사를 도탄에 빠뜨리지도 않게 할 수 있다면 참으로 다행 중의 다행입니다. 무슨 다스릴 방도가 있습니까?"

"소리를 지르거나 얼굴을 붉히지 않더라도 삼칠일이면 자연히 절명시킬 수 있습니다. 자아가 설사 환골탈태한 신선이거나 비범한 부처라 할지라도 피할 수 없을 것입니다."

문 태사가 크게 기뻐하며 더 상세하게 묻자 요빈姚斌이 태사의 귀에 대고 나직하게 그 계책을 말해 주었다. 태사는 기쁨을 이기지 못하고 여러 도우들에게 말했다.

"오늘 요형께서 큰 법력을 베풀어 이 문중을 위해 강상을 죽이겠다고 합니다. 강상이 죽으면 여러 장수들은 자연 와해될 것이고 공도 쉽게 이룩될 것입니다. 이것은 이른바 술자리를 베풀어 적을 물리치고 얘기를 나누면서 서기를 함락시키는 것이지요. 대저 지금 황상의 홍복이 하늘과 같으신지라 여러 도형을 감동시켜 돕게 해주셨습니다."

여러 사람이 말했다.

"이 공은 요천군 현제가 행하도록 양보할 것이니 모름지기 문형을 위한 것입니다. 달리 무슨 말로 노고를 치하하겠습니까?"

요천군이 겸손해 하면서 '낙혼진' 내부로 들어가 흙으로 된 단을 쌓고 향로를 설치한 뒤, 단 위에 한 개의 제웅 즉 섭인형을 묶어놓았는데 제웅의 몸에는 '강상'의 이름이 쓰여 있었다.

제웅의 머리 위에는 세 개의 등잔을 켜고 발밑에는 일곱 개의 등잔을 켰다. 위에 있는 세 개의 등잔은 최혼등催魂燈이라는 것이고, 밑에 있는 일곱 개의 등잔은 촉백

등促魄燈이라는 것이었다. 요천군은 그 안에서 머리를 푼 채 칼을 집고서 주문을 외고 공중에 부인符印을 쓰더니 하루에 세 차례씩 절을 했다.

연이어 사나흘 동안 절을 하자, 그때마다 자아는 서너 차례 쓰러졌으며 앉거나 누워도 몸이 편치 않았다. 양전이 곁에 있다가 살피니 강 승상이 혹 놀라기도 하고 혹 괴이쩍어 보이기도 했으나 속수무책이었다. 모습도 이전과 매우 달랐으므로 마음속으로 의혹을 가졌다.

'승상께서는 옥허玉虛의 문하요, 지금 중책을 맡고 계시며, 하물며 하늘에서 길조까지 내려 운명에 응하여 일어나셨으니 어찌 작은 인물이라고 하겠는가? 설마 이 10진을 깨뜨릴 계책이 없어서 이대로 쓰러지시지는 것은 아니겠지?'

양전은 몹시 걱정했다.

또 7·8일이 지나자 요천군은 진 속에서 자아의 1혼魂 2백魄을 빼앗아 버렸다. 자아는 상부에 있었는데 마음이 번잡스럽고 조급하여 나아가나 물러서나 편안치 않고 기분이 몹시 우울했다.

하루 종일 군사일도 처리하지 않있으나 온몸이 나른하고 아무리 눈을 붙여도 또 졸렸다. 여러 장수와 문하들은 모두 무슨 연고인지 깨닫지 못했다. 어떤 사람은 진을 깨뜨릴 계책이 없는 것이라고 의심했고, 어떤 사람은 깊이 무슨 생각을 하는 것이라고 여기기도 했다.

그렇게 또 보름 가량의 날이 지나자, 요천군은 자아의 혼백 중에서 2혼4백을 빼앗아 버렸다. 자아는 상부에 있다가 홀연 잠이 들었는데 코고는 소리가 천둥 같았다.

한편 나타·양전과 여러 제자들이 상의했다.

"지금 병사들이 성 아래에 이르러서 진을 친 지가 오래되었는데, 사숙께서는 군사의 일은 중시하지 않고 다만 잠자고만 계시니 이것은 반드시 까닭이 있는 것이오."

양전이 말했다.

"제가 승상의 모습을 보니 이처럼 쓰러져서 연일 잠에 취해 계십니다. 이와 같은 행동은 예전과 같지 않으니 필시 누군가가 속임수를 쓰는 것이외다. 그렇지 않다면 곤륜에서 도를 익히신 승상께서 어찌 이와 같이 혼미하시며 큰일을 앞에 두고 처리하지 않을 수 있겠습니까? 거기에는 분명히 무슨 곡절이 있을 것입니다."

여러 사람들이 일제히 말했다.

"반드시 까닭이 있을 것이오. 우리들이 함께 내실로 가서 전각에 오르라고 청하여 적을 격파할 일을 상의하고 어떻게 하실지 살펴봅시다."

여러 사람들이 내실 앞에 이르러 안에서 시중드는 사람들에게 물었다.

"승상께서는 어디 계신가?"

"깊이 잠들어 아직 깨어나지 않으셨습니다."

여러 사람이 시동에게 명하여 승상께 전각에 오르도록 청하게 했다. 시동이 급히 내실로 들어가 자아에게 청했다. 문 밖에 무길이 서 있다가 앞으로 나와 고했다.

"스승께서는 매일 주무시고 군사나 나라의 중대사를 돌보지 않으시니 지장이 큽니다. 장수들이 근심하여 스승께서 속히 군사의 일을 처결해 주시기를 간구하고 있습니다."

강자아는 억지로 나와 입궐했다. 여러 장수들이 앞으로 나와 군사일 등을 의논했지만, 자아는 다만 아무 말도 없이 멍청하게 술에 취한 듯했다. 홀연 일진광풍이 불었는데 나타가 다가가 자아의 음양의 기가 어떠한지를 살폈다. 나타가 말했다.

"사숙! 이 바람은 매우 흉악한데 어떤 길흉이 지배하고 있는지 모르겠습니다."

자아가 손을 들고 힌번 셈해 보더니 대답했다.

"오늘은 바로 바람 불 시기이니 별다른 일이 아니다."

여러 사람들은 감히 거스르지 못했다. 자아는 이미 요

천군에게 혼백을 빼앗기고 마음속이 모호해져서 음양에 대해 잘못 알고 그저 '바람 불 시기에 해당한다'라고 말한 것이었다. 여러 사람들도 어찌할 수가 없어 다만 흩어질 수밖에 없었다.

어느덧 다시 20일이 흘렀다. 요천군은 자아의 2혼6백을 이미 빼앗았으니 다만 1혼1백만이 남게 되었다. 그날 결국 요천군이 섭인형의 머리 쪽을 향해 절을 하자 자아는 죽어버리고 말았다.

여러 제자들과 문하의 여러 장수들, 그리고 무왕까지도 수레를 타고 와서 함께 곡했다. 무왕이 곡하면서 말했다.

"승상께서는 나라를 위해 수고하느라 일찍이 편안히 지내지 못했는데, 하루아침에 이 지경에 이르렀으니 어찌 참을 수 있겠는가! 가슴이 천만 갈래로 찢어지는 듯 아프도다!"

여러 장수들도 무왕의 말을 듣고 크게 슬퍼했다. 양전이 눈물을 머금고 자아의 몸을 더듬었더니 심장은 아직 따뜻했다. 급히 무왕에게 아뢰었다.

"조급해 하지 마소서. 승상의 가슴이 아직 따뜻하니 타계하시지 않았을는지도 모릅니다. 잠시 침상에 눕히겠습니다."

이때 자아의 혼백은 멀리멀리 아득히 날아 결국 봉신대로 왔다. 청복신清福神이 마중 나왔다가 자아의 혼백임을 알았다. 청복신 백감柏鑑은 하늘의 뜻을 알고 있었으므로 급히 자아의 혼백을 가볍게 봉신대에서 밀어냈다.

자아는 원래 도를 닦은 사람이라 결코 곤륜을 잊지 않았다. 혼백은 봉신대에서 나와 바람 따라 아득히 솜처럼 날아서 곤륜산에 이르렀다. 마침 남극선옹南極仙翁이 산 아래에서 노닐면서 영지를 캐고 단약을 만들고 있다가, 문득 자아의 혼백이 표표하게 날아오는 것을 보고 크게 놀라면서 말했다.

"자아가 죽었구나!"

황망히 앞으로 나아가 혼백을 잡아 호리병 속에 넣고 병 입구를 막은 다음, 곧장 옥허궁玉虛宮으로 들어가 스승에게 아뢰고자 했다. 선옹이 막 궁문을 들어서는데 뒤에서 누가 불렀다.

"남극선옹은 멈추시오!"

남극선옹이 머리를 돌려 살펴보니 태화산 운소동의 적정자였다.

남극선옹이 말했다.

"도우께서는 어디에서 오시는 길이오?"

"일아 없어 한가로운지라 특별히 당신을 만나 해도海

島와 산악을 주유하면서 선경에 있는 고명한 은자를 방문하여 한가롭게 바둑이나 두려고 하는데 어떠시오?"

"오늘은 여가가 없소이다."

"지금은 강론을 쉬고 있을 때이니 당신과 내가 한가하오. 다른 날 다시 강론이 시작되면 둘 다 한가하지 않을 것이오. 오늘 같은 날에 한가하지 않다고 말하는 것은 도형이 날 속이는 것이오."

"나는 급한 일이 있어 도형을 따라갈 수가 없으니, 어찌 한가한 타령이나 하고 있겠소!"

"당신의 일을 알고 있소. 자아의 혼백이 제자리에 들어가지 못하고 있다는 것 말고는 다른 일은 없지요?"

"도형이 어찌 아시오?"

"방금 전에 한 말은 농담이었소. 나는 자아의 혼백을 좇아온 것이오. 우연히 서기산 봉신대에서 청복신 백감을 만났는데, 그가 '자아의 혼백이 방금 전에 이곳에 왔었는데 내가 밀쳐내자 곤륜산으로 갔다'고 하기에 급히 이리로 온 것이오. 방금 전 도우가 궁 안으로 들어가는 것을 보고 짐짓 그렇게 물어본 것이었소. 지금 자아의 혼백은 어느 곳에 있소?"

"지금 이미 내가 이 호리병 속에 넣어가지고 스승께 알려드리려 하는데, 뜻하지 않게 도우께서 오신 것이오."

"큰 사건은 교주님을 놀라게 할 것이오. 도우께서 호리병을 내게 주면 자아를 구하러 한번 가보겠소."

남극선옹은 호리병을 적정자에게 주었다. 적정자는 마음이 급했다. 그는 토둔법을 운행하여 곤륜을 떠나 삽시간에 서기에 다다랐다. 승상부로 가니 양전이 맞아들여 땅에 엎드려 절하면서 말했다.

"사백께서 오늘 왕림하신 것을 보니 생각건대 사숙을 위해 오신 듯합니다."

양전이 안으로 들어가 대왕께 보고했다. 왕이 친히 나와 맞이했다.

적정자가 말했다.

"제가 이곳에 온 것은 특별히 자아를 위해서입니다. 지금 자아는 어느 곳에 누워 있습니까?"

무왕은 적정자를 이끌고 내실 침대로 갔다. 적정자가 보니 자아는 눈을 감고 말없이 누워 있었다.

적정자가 말했다.

"왕께서는 슬퍼하실 일도 놀라실 일도 없습니다. 다만 자아의 영혼이 육체를 떠났을 뿐이니 아무 일도 없을 것입니다."

적정자는 무왕과 함께 다시 전각으로 돌아왔다.

왕이 물었다.

"도장道長! 상보께서 죽지 않았다면 무슨 약을 써야 합니까?"

"약을 사용할 필요는 없습니다. 저에게 묘법이 있습니다."

양전이 옆에 있다가 물었다.

"몇 시각이 지나면 살아나실까요?"

"단지 3경만 되면 자아는 자연히 회생할 것이다."

여러 사람들이 모두 기뻐했다. 저녁나절이 지나 이미 3경이 되었다. 양전이 와서 청하자 적정자는 의복을 정돈하고 몸을 일으켜 성을 나왔다. 살펴보니 십진 안에는 검은 기운이 하늘에 어지럽고 서글픈 바람이 불며, 차가운 안개가 드날리고, 귀신들의 곡성이 그치지 않았다.

적정자는 이 진이 꽤 위험한 것을 알고 손을 들어 가리키자 발 아래에서 두 송이의 흰 연꽃이 생겨나 몸을 보호하는 바탕이 되었다. 그런 다음 미투리를 신고 연꽃을 밟으니 몸이 가볍게 공중으로 올라갔다.

적정자가 공중에서 살피니 10진이 매우 흉악하여 살기가 하늘을 꿰뚫고 검은 안개가 기산을 감싸고 있었다. '낙혼진' 안에서 요빈이 머리를 풀어헤치고 칼을 들고 뇌문雷門에서 북두성을 밟고 있었으며, 또 섭인형의 머리 위에 등잔 하나가 켜 있었는데 어두침침했고 발밑에 등잔 하나가 켜 있었는데 깜빡깜빡 하였다.

요천군이 영패_{슈牌}를 한 차례 두드리자 그 등불이 한꺼번에 꺼지면서 1혼1백이 호리병 속에서 뛰쳐나오려 했다. 다행히 호리병 입구가 막혔으니 어찌 뛰어나올 수 있겠는가?

요천군이 여러 차례 절을 해도 그 등불은 꺼지지 않았다. 대저 등불이 꺼지지 않으면 혼도 죽지 않는 법이다. 요천군은 마음이 초조해져서 영패를 한 차례 치면서 크게 소리쳤다.

"2혼6백이 이미 이르렀는데 1혼1백은 어찌 돌아오지 않는가?"

적정자는 공중에서 요천군이 절하고 있는 것을 보고 발밑의 연꽃을 아래로 수그려 섭인형을 빼앗으러 갔다. 요천군이 절하고 일어나 머리를 들어 살피니 뜻밖에 어떤 사람이 내려오는데 바로 적정자였다.

요천군이 말했다.

"적정자! 네가 감히 나의 낙혼진에 들어와 강상의 혼을 빼앗으려 하느냐!"

급히 한 움큼의 검은 모래를 위로 뿌리자 적정자는 황급히 도망쳤다. 빨리 도망치느라 발밑의 두 송이 연꽃이 진 안으로 떨어졌고 적정자도 거의 낙혼진 속으로 떨어질 뻔했다. 급히 둔법으로 서기로 돌아왔다.

양전이 맞아들이면서 보니 적정자의 얼굴색이 말이 아니었으며 숨마저 고르지 못했다.

양전이 물었다.

"사백께서는 혼백을 구하여 돌아오셨습니까?"

적정자가 고개를 흔들며 말했다.

"대단하다, 대단해! 하마터면 나까지도 낙혼진 안으로 빠질 뻔했다. 기를 쓰고 도망쳐 왔다. 내 발밑의 두 송이 흰 연꽃마저 진 속으로 떨어졌구나."

무왕이 듣고서 크게 울면서 말했다.

"만약 이와 같다면 상보는 다시 살아날 수 없겠구나!"

적정자가 말했다.

"대왕께서는 근심치 마십시오. 별로 큰일은 아닙니다. 이는 자아가 당한 재앙에 불과하니, 이처럼 지체하는 것보다는 빈도가 얼른 다녀오는 것이 나을 것입니다."

무왕이 말했다.

"도장께서는 어디로 가십니까?"

"갔다가 곧 올 것입니다. 여러분은 움직이지 마시고 자아를 잘 보살펴주십시오."

분부를 다 해놓은 뒤 적정자는 서기를 떠나 서광을 밟으면서 곤륜산으로 갔다. 잠시 뒤 남극선옹이 옥허궁에서 나와 적정자를 보고 급히 물었다.

"자아의 혼백을 되찾았소?"

적정자가 일어난 일들을 한바탕 이야기했다.

남극선옹이 듣고 나서 궁으로 들어와 보좌에 이르러 예의를 갖춘 뒤 강자아의 일을 상세하게 다 말씀드렸다. 원시천존이 말했다.

"내가 비록 이 대교大敎를 맡고 있지만 일에 있어서는 아직 어려움이 많다. 너는 적정자더러 팔경궁八景宮에 가서 큰스승을 만나뵈라 해라."

남극선옹이 명을 받들고 궁에서 나와 적정자에게 말했다.

"스승께서 분부하시길, 팔경궁에 가서 큰스승을 뵈면 해결의 실마리를 알 수 있을 것이라 하셨네."

그 길로 적정자는 남극선옹과 작별하고 상서로운 구름을 타고 현도玄都로 갔다. 한 시각도 채 못되어 선산仙山에 도착했다. 그곳은 대라궁大羅宮 현도동으로 노자老子가 기거하는 곳이었다. 안에는 팔경궁이 있는데 경치가 기이하여 사람들로 하여금 미처 감상할 틈도 주지 않을 정도였다.

적정자가 현도동에 이르러 보니 위에 한 연聯의 시가 쓰여 있었다.

도道가 혼원混元을 판별하니,
일찍이 태극양의太極兩儀에서 4상象이 생겨나는 것을 보았네.
천지개벽 이래 전해 오는 비법은,
또한 호인胡人이 서쪽으로 함곡관을 넘어 가져온 것이라네.

적정자는 현도동 밖에서 감히 들어가지 못하고 한참을 기다렸는데, 마침 현도玄都대법사가 궁 밖으로 나와 적정자를 보고 물었다.

"도우께서 이곳에 오시다니 무슨 큰일이 있으십니까?"

적정자가 인사하고 말했다.

"도형! 그다지 큰일이 아니므로 감히 함부로 들어가지 못했습니다. 자아의 혼백이 떠도는 일 때문에 왔소이다."

적정자가 자세하게 사정을 이야기했다. 현도대법사가 급히 궁으로 들어가 아뢰었다.

"적정자가 궁문 밖에서 법지法旨를 기다리고 있습니다."

노자가 말했다.

"들어오라 하여라."

적정자가 궁에 들어와 엎드려 절을 하고 나자 노자가 말했다.

"너희들이 이러한 재난을 저질렀으니 '낙혼진'이 펼쳐

진 것은 강상에게 잘못이 있는 것이나 나의 보물 '낙혼진'이 이러한 재액을 만난 것은 모두가 천수天數니라. 너희들은 삼가 법계를 받으라."

노자가 태극도太極圖를 가져오게 하여 적정자에게 주며 비책을 알려주었다. 적정자는 황급히 대라궁을 떠나 곧 서기에 도착했다. 적정자가 돌아왔다는 말을 듣고 무왕과 여러 장수들이 맨발로 뛰쳐나와 맞았다.

양전이 말했다.

"스승님, 몇 시각이 되어야 구할 수 있겠습니까?"

"이 또한 3경이 되어야 하느니라."

여러 제자들이 오로지 3경이 되기만을 기다렸다가 청하자 적정자는 그제야 몸을 일으켰다. 성을 나와 십진문 앞에 이르러 흙을 빚어 숨을 곳을 만든 뒤 공중에 올라가 보니 요천군이 그곳에서 여전히 절을 하고 있었다.

적정자는 노자의 태극도를 펼쳤다. 이 태극도는 노자가 하늘과 땅을 가르고 청탁을 나누어 지地·수水·화火·풍風을 정한 것으로 삼라만상을 포괄하고 있는 보물이었다. 이것이 금교각으로 변하여 오색 빛깔을 내면서 산천을 비추고 직징자를 보호하여 아래로 내려가게 했다.

적정자는 한 손으로 제웅을 움켜잡고 얼른 공중으로 뛰쳐올랐다.

요천군이 적정자를 보고 크게 소리쳤다.

"적정자 이놈! 네가 또다시 나의 제웅을 빼앗으러 왔구나! 심히 가증스럽도다!"

급히 한 말의 검은 모래를 위를 향하여 뿌렸다. 적정자가 "이크!" 하고 소리치면서 왼손을 놓는 바람에 태극도를 진 안에 떨어뜨려 요천군에게 빼앗기고 말았다.

적정자는 비록 섭인형 즉 제웅을 빼앗아 왔으나 오히려 태극도를 잃어버려 놀란 나머지 얼굴은 하얀 종잇장처럼 변했으며 호흡도 고르지 못했다. 토둔법을 써서 들어간 땅굴 속에서도 거의 실수할 뻔했다.

겨우 밖으로 나와 제웅을 내려놓고 호리병을 꺼내 자아의 2혼6백을 거두어 호리병 속에 담고 승상부로 갔다.

여러 제자들이 기다리고 있다가 맞았다. 적정자가 오는 것을 보고 양전이 앞으로 나아가 물었다.

"스승님! 사숙의 혼백을 찾아오셨습니까?"

"자아의 일은 비록 해결했으나 우리 교단의 큰스승의 기이한 보물을 낙혼진에서 잃어버렸으니 나는 죽을죄를 면할 수 없게 되었다!"

여러 장수들이 함께 상부로 나아갔고 무왕은 자아의 혼백을 찾아 이미 돌아왔다는 말을 듣고 매우 기뻐했다.

적정자가 자아의 침실로 가서 자아의 머리칼을 풀어

헤치고 호리병의 입구를 자아의 머리에 대고 연이어 서너 차례 두드리자 혼백이 이전처럼 다시 육신에 들어왔다. 조금 지나자 자아가 눈을 뜨고 말했다.

"아함! 잘 잤다."

눈을 들어 쳐다보니 침대 앞에 무왕과 적정자 그리고 문인들이 있었다. 자아가 놀라 서둘러 몸을 일으키자 왕이 말했다.

"만약 이 도장께서 힘쓰시지 않았더라면 어찌 현생에서 다시 상보를 만날 수 있으리오!"

그때에야 자아가 비로소 깨닫고 곧 물었다.

"도형께서는 어찌 알고 저를 구하셨습니까?"

적정자가 일의 처음과 끝을 상세히 얘기했다. 자아는 다 다 듣고 나서 자신의 도력이 매우 낮음을 절감했다.

자아가 조심스레 적정자에게 물었다.

"태극도는 현묘한 보물인데 잘못하여 잃었으니 어찌하지요?"

"자아는 몸조리나 잘하여 원상으로 회복된 뒤에 함께 진을 파할 계책을 논의합시다."

며칠 동인 몸조리를 하자 자아는 곧 완쾌되었다. 곧 회의를 소집하여 적정자와 여러 사람들이 함께 진을 격파할 계책을 상의했다. 적정자가 말했다.

"이 진은 바로 좌도방문의 술법인데 그 심오한 깊이는 모르겠소. 그러나 이미 천명을 받았으니 자연히 해결될 것이오."

말이 아직 다 끝나지 않았는데 양전이 자아에게 아뢰었다.

"이선산二仙山 마고동麻姑洞의 황룡진인黃龍眞人께서 오셨습니다."

자아가 은안전에서 맞이하여 예를 마친 뒤 손님과 주인이 자리를 나누어 앉았다.

자아가 말했다.

"도형께서 오늘 이렇게 오셨으니 무슨 가르쳐 주실 말씀이 있으십니까?"

"함께 십절진을 깨뜨리려고 특별히 서기에 왔습니다. 지금 우리들은 살생계를 범했는데 그 경중에만 차이가 있을 뿐입니다. 여러 도우들이 곧 올 것입니다. 이곳은 범속하고 불편하여 제가 먼저 와서 그대와 의논하는 것입니다. 서문 밖에 갈대집을 엮고 삿자리를 설비하여 비단과 꽃들로 장식하면 3산5악의 도우들이 와서 편히 쉴 수 있을 것입니다."

자아가 명했다.

"남궁괄과 무길은 갈대집을 만들고 삿자리를 잘 마

련하시오."

또 양전에게 명했다.

"승상부의 문 앞에 있다가 여러 스승들이 오시면 즉각 통보하라."

하루도 안되어 무길이 와서 공사가 완공되었음을 보고했다. 자아는 갈대집에 올라 융단을 고루 깔아 바닥을 고르게 했다. 이어서 꽃과 비단을 걸어놓고 여러 도우들이 오기만을 기다렸다. 대저 무왕은 하늘과 사람에게 순응했으니 여러 성인들이 끊이지 않고 스스로 찾아오는 것이다.

이윽고 천하명산의 무수한 도인들이 떼를 지어, 혹은 표표히 홀로 나타났다. 자아가 곧장 가서 영접했다. 광성자廣成子가 말했다.

"도우 여러분! 오늘 이후에는 흥패를 알 수 있고 진실과 거짓된 것을 판별할 수 있을 것이오. 자아공께서는 어느 시각에 십절진을 쳐부수겠소? 우리들은 지시를 따르겠소."

자아는 이 말을 듣자 몹시 당황해 하면서 몸을 숙이고 밀했다.

"여러 도형들! 저의 40년 동안의 보잘것없는 공을 헤아려보건대 어찌 이 십절진을 깨뜨릴 수 있겠습니까? 여러 도형들께서는 강상의 학식과 재주가 옅은 것을 불쌍히 여겨주십시오. 백성들은 도탄에 빠져 있고 장수들은 재난을 당하고 있으니, 어느 도형 한 분께서 번거로우시겠지만 저를 대신하여 군신의 근심과 백성의 어려움을 풀어주신다면 진실로 사직과 백성들의 복이겠습니다."

광성자가 또 말했다.

"우리들도 스스로 근심이 없다고 장담하지는 못하오. 비록 배운 것은 있으나 이러한 좌도의 술법에 대적하기란 힘든 일이오."

피차가 서로 겸손과 사양을 했다.

한창 분분한 논의를 펼치고 있을 때 공중에서 사슴 울음소리가 들려왔다. 기이한 향기가 사방에 가득하고 상서로운 기운이 도처에 깔렸다.

사람들이 일제히 목을 빼고 밖을 내다보았다.

燃燈議破十絶陣

연등도인이
십절진 격파를 논의하다

공중에서 홀연 한 도인이 다가오는데 구름길 사슴을 탄 채 향기로운 바람을 몰고 나타났다. 그는 용모가 희귀하고 모습이 기괴했다. 진실로 신선 중의 우두머리요, 부처의 원류였다.

여러 신선들이 영취산靈鷲山 원각동圓覺洞의 연등도인燃燈道人을 알아보고 일제히 갈대집에서 나와 맞이하여 들였다. 예를 깆추고 자리에 앉자 연등도인이 말했다.

"여러 도우들께서 먼저 오셨으니 늦게 도착한 제가 송구합니다. 탓하지 마시기 바랍니다. 오면서 보니 십절진이 매우 흉악한데 누구를 우두머리로 삼았는지 모르겠군요?"

자아가 몸을 숙이며 대답했다.

"오로지 스승의 가르침만을 기다리고 있습니다."

"내가 여기에 온 것은 사실상 자아의 노고를 대신하여 재상의 일을 맡으려는 것이고, 둘째로는 여러 도우들에게 재난이 있으니 특별히 와서 풀어주려는 것이고, 셋째로는 나의 의사를 실험하려는 것이오. 자아공께 청하니 부인符印을 나에게 넘겨주시오."

자아와 여러 도인들이 크게 기뻐하면서 말했다.

"도장道長의 말씀이 매우 옳습니다."

즉시 부인을 연등도인에게 바쳤다. 연등도인은 부인을 받고 여러 도우들에게 사례하고 10진격파에 관해 논의를 시작했다. 연등도인은 진을 격파할 계책을 안배하다가 마음속으로 탄식했다.

'이 재난은 반드시 우리 열 도우들을 손상시키겠구나!'

한편 문 태사는 진영에서 열 명의 천군을 군막으로 불러 회의를 열고 물었다.

"10진은 완성되었습니까?"

진완秦完이 대답했다.

"완성된 지 이미 오랩니다. 사람을 보내 도전서를 전달하고 일찌감치 공을 세운 뒤 군대를 돌리도록 합시다."

황급히 글을 쓴 문 태사가 등충鄧忠을 자아에게 보내 전달케 했다. 나타는 등충이 다가오는 것을 보고 물었다.

"무슨 일로 여기까지 오셨소?"

"도전장을 가지고 왔소."

나타가 등충의 서찰을 전해 주자, 자아가 이를 받아 읽었다. 서찰에는 다음과 같이 쓰여 있었다.

정서대원융征西大元戎 태사 문중이 승상 자아 휘하에 글을 보내노라.

옛말에 이르기를 "온 나라 안에 왕의 신하가 아닌 자가 없다"고 했는데, 지금 그대가 까닭없이 반란을 일으켜 천하에 죄를 얻었으니 천하에서 버림받은 바로다. 누차 천자의 군대가 토벌하러 왔으나 죄를 뉘우치지도 않고 오히려 방자하고 사납게 날뛰며 왕의 군사를 죽여 조정을 욕보였으니 이 죄 또한 용서받을 수 없을 것이다. 지금 십절진이 이미 완성되었으니 그대와 함께 승부를 가리려 한다. 특별히 등충을 시켜 서찰을 보내니 날짜를 정하여 대적하기 바라노라. 가부긴에 즉시 대답하라.

자아는 다 읽은 다음, 답신을 적어 돌려보냈다.

등충이 돌아와 문 태사를 뵙고 말했다.

"사흘 뒤에 싸우자고 합니다."

이에 문 태사는 본영에 주연을 베풀어 열 명의 천군을 대접했다. 풍악을 크게 울리며 술을 마시다가 3경에 이르러 중군군막을 나섰는데, 갑자기 서주진영의 갈대집에 있는 여러 도인들의 머리 위에서 복된 구름과 상서로운 광채가 나타났다.

열 명의 천군이 놀라 말했다.

"곤륜산의 여러 도인이 모여들었군!"

그제야 각기 본진으로 돌아가 조심스럽게 진을 살폈다. 이윽고 사흘이 지났다. 새벽이 되자 태사진영에서 포성이 울리고 함성이 일제히 일었다. 태사는 군문 앞에 서 있었다. 그의 좌우에는 등충·신환·장절·도영 네 장수들이 호위했으며, 10진의 주인은 각기 그 방위에 맞게 섰다.

서기의 갈대집에는 깃발이 펄럭이고 상서로운 기운이 피어오르며 양쪽 편으로 3산5악의 문인들이 늘어서 있었다. 앞의 1진은 나타와 황천화였으며, 2진은 양전과 뇌진자, 3진은 한독룡과 설악호, 4진은 금타와 목타였다.

이제 연등도인은 원수의 지위를 맡아 여러 도인들을 거느리고 갈대집에서 나왔다. 짝을 지어 늘어서서 여유

있게 앞으로 나갔다. 이윽고 적정자는 광성자와, 태을진인은 영보대법사와, 도덕진군은 구류손懼留孫과 짝했으며, 문수광법천존은 보현진인과, 자항도인慈航道人은 황룡진인黃龍眞人과, 옥정진인玉鼎眞人은 도행천존道行天尊과 짝하여 모두 열두 명의 신선들이 가지런히 늘어섰다.

한가운데에는 연등도인이 매화록梅花鹿 사슴을 타고 있었고 적정자는 금종을 치고 있었으며 광성자는 옥경쇠를 두드렸다. 이에 맞서 천절진天絶陣 안에서는 한 가닥 종소리가 울리고 진문이 열린 곳에서 두 개의 깃발이 펄럭였다. 한 도인이 보였는데, 얼굴은 푸른빛이고 머리카락은 노을처럼 붉었으며 황반록黃斑鹿 사슴을 타고 있었다. 바로 진천군이다.

이를 본 연등도인이 좌우를 둘러보면서 속으로 생각했다.

'한 사람도 이 진을 격파할 사람이 없구나!'

이때 홀연 공중에서 한바탕 바람소리가 들리더니 한 도인이 내려왔다. 옥허궁 제5서열의 문인인 등화鄧華였다. 그는 방천화극을 흔들면서 여러 도인을 보더니 머리숙여 인사하며 말했다.

"저는 스승의 명을 받들어 특별히 천절진을 격파하러 왔습니다."

연등도인이 머리를 끄덕이며 생각했다.

'운명이 정해져 있으니 어찌 이 재난을 피하리오!'

생각이 여기에 미쳤을 때 진천군이 크게 소리쳤다.

"옥허교단에서 누가 나와서 나의 이 진을 보겠는가?"

등화가 앞으로 나서며 말했다.

"진완은 천천히 나오라. 제 잘난 체 날뛰지 말고!"

"너는 누구이기에 감히 큰소리를 치느냐?"

"귀찮은 놈! 너는 내가 누군지도 모르느냐? 나는 옥허문하의 등화로다."

"네가 감히 나의 진에 들어올 수 있겠느냐?"

"이미 칙명을 받아 하산했는데 어찌 그냥 돌아가리."

등화가 화극을 들고 공격하자 진완은 사슴을 몰아 맞섰다. 사람과 사슴이 뒤얽히며 '천절진' 앞에서 한바탕 싸움이 벌어졌다.

진천군은 등화와 싸운 지 15합이 채 안되어 황금간을 허투루 한번 휘두르더니 진 안으로 들어가 버렸다. 등화가 뒤쫓았다. 진천군이 진문 속으로 들어가자 등화도 역시 진 안으로 쫓아 들어갔다.

진천군 진완은 등화가 급히 쫓아오는 것을 보고 누대에 올라갔다. 누대 위에는 탁자가 있고 탁자 위에는 세 개의 깃발이 있었다. 진천군이 깃발을 손에 들고 좌우로 연달아 흔들면서 깃발을 아래로 던지니 우렛소리가 번갈아 들려왔다.

등화는 그만 정신이 혼미해져 동서남북도 분간치 못하고 땅에 엎어졌다. 진천군이 누대를 내려와 등화의 목을 베니 흰 피가 하늘로 치솟았다. 수년간 도를 닦은 등화는 봉신방에 이름이 걸려 있음을 알지 못했던 것이다.

진천군이 등화의 수급을 치켜들고 진을 나서면서 크게 소리쳤다.

"곤륜의 교단에서 누가 감히 다시 나의 천절진을 보겠는가!"

연등도인은 등화의 목을 보고 탄식했다.

"가련하구나! 수년 동안 도를 행했는데 오늘이 이 세상 끝이라니!"

진천군이 다시 와서 나오라고 소리치자 연등도인이 광법천존에게 명하여 이 진을 격파하도록 하면서 "특히 조심하시오!"라 분부했다.

"알겠습니다. 명령대로 따르겠습니다."

광법천존은 노래를 부르면서 나갔다.

칼날을 시험해 보려 하니 어찌 감히 수고를 아끼랴?
하늘을 찌를 듯한 보갑寶匣에서 옥룡玉龍이 소리치네.

손 안의 자줏빛 기운은 3천 길이나 뻗치고,
머리 위의 높다란 구름은 백 척이나 되네.
새벽에 금궐金闕에 이르러 도덕을 논하고,
때때로 옥경玉京에 가서 천도복숭아를 심네.
스승의 가르침을 받들어 선부仙府를 떠나,
속세에서 한 차례 만났네.

광법천존이 말했다.

"진천군! 너의 절교에는 구속됨이 없이 여유롭게 즐기는데 무엇이 아쉬워 이 천절진을 만들어 사람을 해치려는가? 지금 나는 반드시 살생할 것인데 이는 우리가 자비가 없어서가 아니라 전생의 인과 때문이다. 후회는 없으렷다!"

진완이 크게 웃으며 말했다.

"너희들이야 말로 한가롭게 신선세계에서 노닐 것이지, 어찌하여 이곳에 와서 이 고난을 겪는가? 너희는 또한 아직도 내가 만든 이 진의 무궁무진한 오묘함을 모르는구나. 내가 너희를 핍박한 것이 아니라 너희들 스스로가 화를 자초한 것이다!"

광법천존이 웃으며 말했다.

"과연 누구의 목숨이 끊어질 운명인지 모르겠군!"

진천군이 크게 노하여 채찍인 간鐧을 들어 공격했다.

광법천존이 "제법이군!" 하고 칼을 써서 막았다. 몇 합이 안되어 진천군이 패하여 진 안으로 들어갔다.

광법천존이 뒤쫓아 천절진의 진문 앞에 다다랐는데 안쪽에는 차가운 안개가 깔려 있고 구슬픈 바람이 불어 스스로 주저할 뿐 감히 들어가지 못했다. 그러나 뒤쪽에서 재촉하는 금종소리가 들리자 다만 진으로 들어갈 수밖에 없었다.

광법천존이 손을 아래로 향하여 한번 가리키자, 평지에서 두 송이 흰 연꽃이 솟아났다. 광법천존은 두 연꽃을 밟고 표표히 들어갔다.

진천군이 크게 소리쳤다.

"광법천존! 설사 너의 입 안에 금빛연꽃이 있고 손에서 흰 빛이 나오더라도 나의 천절진을 벗어날 수 없을 것이다!"

광법천존이 웃으면서 말했다.

"이 정도가 어찌 어렵겠는가!"

입을 벌려 매우 큰 금빛 연꽃을 토해내었고 왼손 다섯 손가락에서는 다섯 줄기의 흰 빛이 땅 바닥으로 뻗어내리더니 금방 다시 위로 말려 올라갔다. 흰빛 꼭대기에는 한 송이 연꽃이 있었고 꽃 위에는 다섯 개의 금등잔이 길을 인도했다.

진천군이 예의 세 개의 깃발을 흔들었으나, 광법천존의 머리 위에서는 신기한 구름이 피어올랐으며 5색 빛 속에는 구슬이 매달린 끈이 드리워졌다. 또한 손으로 칠보금련七寶金蓮을 받치고 화신化身을 이루었다.

진천군은 깃발을 수십 번 흔들었으나 광법천존은 조금도 동요하지 않았다. 광법천존이 빛 속에서 말했다.

"진천군! 내가 오늘 살생계를 범하여 너를 놓아줄 수가 없겠구나!"

그러면서 둔룡장遁龍椿 단장을 공중으로 던지니 진천군이 사로잡혔다.

광법천존은 곤륜을 향해 머리를 숙이면서 말했다.

"제자가 오늘 살생계를 범하겠습니다."

보검을 한번 휘둘러 진천군의 목을 벤 뒤 수급을 치켜들고 표표히 천절진을 나왔다.

문 태사는 진완의 목이 베어지는 것을 보고 소리를 질렀다.

"저놈이 이 노부를 화나게 하는구나!"

흑기린을 몰아가며 외쳤다.

"문수광법은 멈춰라, 내가 간다!"

그러나 광법천존은 아랑곳하지 않았다.

이때 연등도인의 뒤에 있던 황룡진인이 학을 타고

날아와 문 태사를 저지하며 말했다.

"진천군의 천절진이 우리 등화 사제를 죽였으니 그가 죽은 것과 서로 맞비겼다고 생각하오. 지금 10진 중에 겨우 하나가 깨졌고, 아직도 아홉 개의 진은 자웅을 가려보지 못했소. 원래 도술을 부려 싸우기로 했으니 힘으로 하지 마시오. 당신은 잠시 물러나시오."

그러자 지열진地烈陣에서 종소리가 들리고 조천군 조강越江이 매화록을 타고 나왔다.

조천군이 크게 소리쳤다.

"누가 감히 나의 지열진을 상대하겠는가?"

이렇게 외치며 돌진하여 나왔다. 연등도인이 한독룡을 보냈다. 즉시 한독룡이 몸을 날려 나오며 소리쳤다.

"조강은 멋대로 굴지 말라!"

조천군이 물었다.

"너는 누구이기에 감히 나와 대적하려느냐?"

"도행천존道行天尊의 문하 한독룡이다. 연등 사부님의 가르침을 받들어 특별히 너의 지열진을 격파하러 왔다."

"너는 한낱 필부에 불과한데 어찌 감히 나의 진을 격파한답시고 목숨을 잃으려 하는가?"

조천군이 손에 든 검을 날려 찔렀다. 한독룡도 칼을 뻬어 교전했다. 칼이 교차되자 자줏빛 번갯불이 공중을 날아다녀 찬 얼음이 계곡에서 튀어나오는 듯했다. 대여섯 합을 싸우다가 조강이 진으로 패주하여 들어가니 한독룡도 그 뒤를 따랐다.

지열진에 다다르자 조천군은 급히 누대에 올라가 오방번五方旛 깃발을 흔들었다. 네 군데에서 괴이한 구름이 피어올랐고 한 가닥 뇌성벽력이 울렸으며, 위로는 불로 된 그물이 있어 아래위로 번갈아 공격하고 번갯불이 일제히 퍼졌다. 가련한 한독룡은 얼마 되지도 않아 몸이 가루가 되어버렸다.

조천군은 다시 매화록을 타고 진을 나와 크게 소리치면서 말했다.

"천교 도우들에게 알리오. 도행이 높은 다른 사람을 보내시오. 괜히 도행이 얕은 사람을 보내 억울하게 목숨을 잃게 하지 말고! 누가 감히 다시 나의 진에 오겠소?"

연등도인이 노해 말했다.

"구류손懼留孫이 한번 가보오."

구류손이 명을 받고 노래를 부르며 나갔다.

해와 달을 번갈아 비추어 금영金英을 정련하니,
두 알의 신비한 진주가 집을 훤히 밝히네.
건곤이 흔들리니 도력道力을 알겠고,

생사를 왕래하니 공이 이루어짐을 알겠네.
4해를 소요하며 종적을 남기고,
현도玄都로 돌아가 이름을 세우네.
곧장 오색구름에 올라 구름길이 고요하니,
자줏빛 난새와 붉은 학이 와서 맞이하네.

구류손이 말했다.
"조강! 그대는 절교의 신선으로 우리들과는 크게 다른데, 어찌 이같이 못된 진을 설치하여 악한 심통으로 하늘에 거스르는가? 너의 가슴속에 도술이 있다고 말하지 말라. 그대는 단지 봉신대 위의 허수아비로 지금의 재난을 피할 수 없으니 이것이나 두려워하라!"

조천군이 화가 나서 칼을 들고 뛰어왔다. 구류손도 칼을 들고 맞섰다. 몇 합이 안되어 조천군이 이전처럼 진으로 들어갔다. 구류손도 뒤를 따라 진 앞에 이르렀으나 들어가기가 망설여졌다.

그러나 뒤에서 재촉하는 종소리가 들리자 스스로 진문 안으로 들어갈 수밖에 없었다. 조천군은 이미 누대에 앉아 다시 오방번을 사용했다.

구류손은 형세가 불리함을 보고 먼저 천문天門을 열어 상서로운 구름을 나오게 하여 자신의 몸을 보호한 뒤에,

곤선승綑仙繩 포승줄을 꺼내고 황건역사에게 명하여 조천군을 갈대집으로 잡아왔다.

붙잡힌 조천군은 분통을 터트리며 온몸 일곱 구명에서 삼매화三昧火가 뿜어져 나왔다.

문 태사가 또 지열진이 격파되고 조천군이 사로잡히는 것을 보고 흑기린 위에서 우레와 같은 소리를 질렀다.

"구류손은 멈추어라, 내가 간다!"

이때 옥정진인이 말했다.

"문형께서는 이러지 마시오. 우리들은 옥허궁의 명을 받들고 내려와 10진을 깨뜨리러 왔소. 겨우 두 개를 격파했을 뿐 아직 여덟 개의 진은 명백히 살피지도 못했소이다. 또한 원래 도술로써 싸우기로 했는데 어찌 안색을 붉히시오? 도가의 고명하신 분으로서 취할 바가 아니오."

태사는 아무 말도 하지 못했다. 연등도인이 명했다.

"오늘은 이만 쉬기로 하자."

문 태사도 또한 진영으로 돌아와 여덟 진의 대장들을 불러 회의를 열었다.

"지금 두 개의 진이 격파되고 두 분의 도우를 잃었으니, 이 문중의 마음은 실로 참을 수 없는 지경입니다."

동천군이 말했다.

"일에는 정해진 운수가 있는 것이오. 이미 이 지경까지 이르렀으니 수습하기가 쉽지는 않을 것이오. 곧 나의 풍후진風吼陣으로써 큰 공을 이루겠으니 마음을 푸시오."

동천군은 문 태사와 함께 의논했다.

한편 연등도인이 갈대집에 돌아오자 구류손이 조천군을 끌어내 연등도인에게 아뢰었다.

연등도인이 말했다.

"조천군을 갈대집 위에 매달아 두시오."

여러 도인들이 연등도인에게 아뢰었다.

"내일 풍후진을 격파할 수 있겠습니까?"

"격파할 수 없소. 이 풍후진은 세상에 흔히 있는 바람이 아니오. 이 바람은 땅·물·불의 바람이오. 일단 운행이 되기만 하면 바람 속에서 수만 개의 칼날이 일제히 쏟아져 나오니 어찌 막을 수 있겠소? 반드시 먼저 정풍주定風珠를 구하여 바람을 다스린 연후에야 이 진을 격파할 수 있을 것이오."

"어디에서 정풍주를 빌릴 수 있습니까?"

도인들 중에서 영보대법사가 말했다.

"나에게 한 명의 도우가 있는데 구정철차산九鼎鐵叉山 팔보운광동八寶雲光洞에 사는 도액진인度厄眞人입니다. 그에게 정풍주가 있습니다. 제가 편지를 써보내면 빌릴 수 있을 것이니, 강 승상께서는 문관 한 명과 무관 한 명을 속히 파견하십시오."

자아는 급히 산의생散宜生과 조전晁田을 파견했다. 두 사람은 하루도 안되어 황하를 건넜으며 또 며칠을 가서 구정철차산에 도착했다.

산의생과 조전 두 사람이 탄 말이 산에 올라 동굴 문 앞에 이르자 한 동자가 그 안에서 나왔다.

산의생이 말했다.

"사형, 귀찮겠지만 스승께 서주에서 파견된 관리 산의생이 뵙기를 청한다고 아뢰어 주시오."

이윽고 산의생이 동굴로 들어가니 한 도인이 부들방석 위에 앉아 있었다. 산의생은 예를 갖추고 편지를 바쳤다. 도인이 편지를 다 읽고 나서 산의생에게 말했다.

"선생께서 이렇게 오셨으니 정풍주를 빌려드리겠소. 지금 여러 도인들이 모여 십절진을 깨뜨린다고 하니 모두 정해진 이치인지라 나도 빌려드리지 않을 수 없군요. 하물며 영보 사형께서 이렇게 예의를 차리는데 어찌 마다하겠소? 다만 가시는 길에서 조심하시오."

곧 한 알의 정풍주를 산의생에게 주었다. 산의생이 도인에게 사례하고 황급히 산을 내려와 조전과 함께 내

달리니 산의 준령이 험한 것도 돌아보지 아니하고 지나갔다. 황하를 따라 이틀 동안 달려갔는데 건널 배가 없었다.

산의생이 조전에게 말했다.

"전날 올 때에는 도처에 나룻배가 있었는데 지금은 없으니 어찌된 까닭일까?"

그때 앞으로 한 사람이 지나가는 것을 보고 조전이 물었다.

"이보시오, 이곳에 어찌하여 나루터가 없소?"

"나리들은 모르시는군요. 근래에 새로 악당 두 놈이 왔는데 힘이 매우 셉니다. 황하의 나루터는 모두 그들이 없애버렸습니다. 이곳에서 5리 떨어진 곳에 나루터가 하나 남아 있는데 그들이 있는 곳을 통해 가야 합니다. 그들은 강을 건널 때 강제로 돈을 받는데 사람들은 감히 그들을 거스르지 못하여 달라는 대로 주는 형편입니다."

급히 말을 몰아 앞으로 나가니 과연 두 명의 덩치 큰 사내들이 있었다. 그들은 배를 젓지도 않고 다만 뗏목에 두 가닥의 밧줄을 묶어서 사용했는데, 왼쪽에서 뗏목을 타면 오른쪽에서 잡아당겼고 오른쪽에서 타면 왼쪽에서 잡아당겼다. 산의생은 마음속으로 매우 놀랐다.

'과연 힘이 세고 일하는 것이 시원시원하구나.'

마음은 매우 급했으나 조전과 함께 건너려고 차례를 기다렸다. 조전은 말을 타고 앞으로 가다가 보니 아는 사람들이었다. 방필方弼과 방상方相 형제가 이곳 황하 가에 머물러 있었던 것이다.

조전이 놀라 말했다.

"방 장수!"

방필이 보더니 조전임을 알아보았다.

"조형, 이게 얼마 만이오. 그래, 어디 가시는 길이오?"

"번거롭겠지만 우리를 좀 건네주시오."

방필은 즉시 뗏목에 태워 강을 건네주었다. 조전은 방필과 마주하여 옛날 일들을 이야기했다.

방필이 물었다.

"조형은 어디로 가시는 길이시오?"

조전이 정풍주를 얻은 일을 한바탕 이야기해 주었다.

방필이 다시 물었다.

"이분은 누구요?"

"이분은 서기의 상대부 산의생이시오."

"장군은 천자의 신하인데 왜 이 사람과 함께 가시오?"

"천자가 정치를 그르쳐서 나는 이미 서기에 귀순했소."

방필이 속으로 생각했다.

'옛날 조가에 반란을 일으켜 천자에게 죄를 짓고 줄

곧 유랑하고 있는데, 오늘 정풍주를 빼앗아 가져가서 공으로 속죄하면 도리어 좋지 않겠는가?'

이어서 물었다.

"산 대부! 어떻게 생긴 것을 정풍주라 합니까? 나에게 한번 보여주십시오."

산의생은 방필이 강을 건네주었고 또 조전이 아는 사람인지라 그것을 꺼내 방필에게 건네주었다. 방필은 얼른 그 꾸러미를 허리춤에 감추며 말했다.

"이 구슬은 강을 건네준 값으로 삼아야겠소."

방필은 그길로 곧장 남쪽 대로를 향해 떠나갔다. 조전도 감히 막지 못했다. 방필과 방상은 키가 3장이나 되고 힘이 매우 세니 어찌 그를 막을 수 있겠는가? 산의생은 놀라 혼비백산하여 통곡했다.

"여기까지 수천 리 길을 달려와 하루아침에 저놈에게 빼앗겼으니 어쩌면 좋겠소? 장차 무슨 면목으로 승상을 만나야 한단 말이오!"

산의생은 몸을 날려 황하로 뛰어들려 했다. 조전이 급히 산 대부를 껴안으면서 말했다.

"대부께서는 성납하시 마십시오. 우리들은 죽이도 아깝지 않으나 서기는 지금 풍후진 앞에서 풍전등화와 같이 급한데 어찌 경거망동하려 하십니까? 우리들이 황하에서 죽는다면 강 승상은 소식을 알지 못하여 나라의 큰 일을 그르칠 것이니 이는 불충이며, 또한 중도에 빼앗겼으니 이것은 지혜롭지 못한 일입니다. 나와 대부께서는 승상을 뵙고 속시원히 까닭을 아뢰어 다른 계책을 세우게 해야 합니다. 차라리 칼 아래에서 죽더라도 이 불충의 지혜롭지 못한 죄를 조금이라도 줄이고 싶습니다."

산의생이 탄식했다.

"어느 누가 이곳에서 재앙을 만날 줄 알았으리!"

두 사람은 말을 타고 채찍을 가하며 급히 달려갔는데, 15리를 채 못 가서 앞에 두 개의 깃발이 산 입구에서 펄럭이는 것이 보이고 뒤에 군량을 실은 수레바퀴 소리가 들려왔다.

산의생이 앞으로 나아가 보니, 무성왕 황비호가 군량미 수레를 재촉하며 지나가고 있었다. 산의생이 말에서 내리자 무성왕도 말에서 내려 말했다.

"대부께서는 어디 가십니까?"

산의생이 울면서 땅에 꿇어 절을 했다. 황비호도 답례를 하고는 조전에게 물었다.

"산 대부께 무슨 일이 있기에 이처럼 슬프게 우시는 것인가?"

산의생이 정풍주를 얻어 황하를 건너다가 방필을 만

나 빼앗긴 일을 한바탕 말해 주었다.

황비호가 말했다.

"걱정하지 마십시오. 내가 대부께 찾아다 드리겠으니 여기에서 잠시 기다리십시오."

황비호가 오색신우를 타고 달려가 잠시 뒤에 곧 그들을 따라잡았다. 황비호가 크게 소리쳤다.

"방필과 방상은 멈춰 서거라!"

방필이 고개를 돌려 보니 무성왕 황비호였다. 지난날 여러 해 동안 모셨던 터라 황급히 길옆에 꿇어앉았다.

"대왕께서는 어디로 가십니까?"

황비호가 크게 호통을 쳤다.

"너희는 어찌하여 산의생의 정풍주를 빼앗았느냐?"

"그 사람이 강을 건네준 삯으로 준 것인데, 누가 그의 것을 빼앗았다고 하십니까?"

"빨리 나에게 내놓아라!"

방상이 하는 수 없이 황비호에게 바쳤다.

황비호가 말했다.

"너희 두 사람은 줄곧 어디에 있었느냐?"

방필이 대납했나.

"대왕과 이별한 뒤 우리 형제는 강가에 머물면서 날을 보내고 있는데, 그 동안 겪은 고생은 이루 다 말할 수 없을 정도입니다."

"나는 성탕을 버리고 지금은 서주에 귀순했다. 무왕은 진실로 성군이시고 인덕仁德이 요임금·순임금에 비할 만하다. 천하를 셋으로 나누어 볼 때, 이미 3분의 2가 주나라 땅이다. 문 태사가 서기를 정벌하러 와서 수차례 싸웠으나 이기지 못하고 있고 너희들은 돌아갈 곳도 없으니, 나와 함께 무왕에게 귀순하면 봉후封侯의 지위를 얻게 될 것이다. 너희 형제가 내 말을 따르지 않음은 곧 죄를 짓는 일이 되느니라."

"대왕께서 발탁해 주신다면 저희 형제에겐 재생의 길을 주시는 은혜이니 어찌 거절하겠습니까?"

"그러하다면 나를 따라오너라."

두 사람은 무성왕을 따라 말을 타고 삽시간에 도착했다. 산의생과 조전은 방씨 형제가 따라오는 것을 보고 혼이 달아날 만큼 놀랐다. 무성왕은 말에서 내려 정풍주를 산의생에게 전하면서 조전에게 말했다.

"산 대부를 잘 모시고 가게나. 나는 방필과 방상을 데리고 뒤에 따라가겠네."

그리하여 산의생과 조전은 한밤중에 서기의 본거지에 도착하여 자아를 만났다. 자아가 물었다.

"정풍주를 가져오는 일은 어떻게 되었습니까?"

산의생은 황하를 건너오다가 구슬을 빼앗긴 일을 쭉 이야기했다. 자아가 크게 소리쳤다.

"산의생! 이 구슬은 나라의 옥새와도 같은 것인데 도중에 빼앗겼다니! 대부는 죄를 지었으니 잠시 물러가 꼼짝도 말고 있으시오!"

자아가 정풍주를 가지고 가서 연등도인에게 드렸다. 여러 도인들이 말했다.

"이제 그 구슬을 얻었으니 내일 풍후진을 격파할 수 있겠구려."

모든 도인들이 제 일처럼 기뻐했다.

廣成子破金光陣

광성자가
금광진을 격파하다

다음날 연등도인은 열두 제자와 줄을 지어 갈대집에서 내려와 금종과 옥경쇠를 두드리며 일제히 진영 앞으로 나아왔다.

바라보니 태사진영에서 한 발의 포성이 울리고 문태사가 말을 타고 일찌감치 군문을 나섰다. 바야흐로 자아 편에서 풍후진風吼陣을 어떻게 다루는지 지켜볼 뿐이었다.

동천군은 팔차록八叉鹿을 탄 채 두 자루의 태아검太阿劍을 들고 서서 노래를 불렀다.

태평세상을 얻고자 매우 근심하면서,
단로건마丹爐乾馬는 신우와 맞서고 있구나.
종래로 분분한 어지러움에 달관하면,
한 점 마음만이 자유롭다네.

연등도인이 좌우를 둘러보았으나 선뜻 풍후진에 들어갈 만한 사람이 없었다.

이때 홀연 황비호가 방필과 방상을 이끌고 자아를 뵙고서 아뢰었다.

"제가 식량을 수송하여 오다가 이 두 장수를 얻었는데, 천자휘하에 있던 진전대장군 방필과 방상 형제입니다."

자아가 크게 기뻐하고 있는 도중에 연등도인이 두 명의 대장부를 보고 탄식하며 말했다.

"운명이 이미 정해졌으니 만물이 어찌 피할 수 있으리! 방필 장수에게 명령하노니 어디 한번 풍후진을 격파해 보라."

자아는 드디어 방필로 하여금 풍후진을 격파하게 했다. 가련하다! 방필은 일개 범부에 불과한데 어찌 진 안의 환술幻術에 대해 알겠는가? 그렇지만 이러한 운명을 알 리 없는 방필이 창을 들고 달려나가 진 앞에 이르렀다.

동천군 동전董全이 보니 덩치 큰 거한 하나가 왔다. 키가 3장이 넘고 얼굴은 짙은 대춧빛으로 붉고 온통 구레나룻 수염으로 덮여 있고 네 개의 눈을 가진 매우 흉악한 모습이었다. 동천군은 적이 놀라지 않을 수 없었다.

방필은 동천군을 보자 크게 소리쳤다.

"요사스런 도사는 서둘지 말라!"

방필이 곧 한 차례 창을 휘두르자 동천군이 막으면서 단지 한 합만을 싸운 뒤 진 안으로 도망가듯 들어갔다. 자아는 좌우에게 북을 치라 명했고, 방필은 북소리를 듣고 창을 휘두르며 풍후진 진문 안으로 곧장 돌진해 들어갔다.

그러나 그가 진 안의 무궁하고 오묘한 변화를 알 까닭이 없었다. 쳐다보니 동천군이 누대에 올라가 검은 깃발을 흔드는 모습이 보였고, 곧 검은 구름이 피어오르면서 수만 개의 칼날이 맹렬한 기세로 날아들었다. 미처 비명 한번 내지르지도 못한 그 순간 방필의 사지는 갈가리 찢긴 채 땅바닥에 떨어져 굴렀다.

동천군은 병사들에게 명하여 방필의 시신을 진 바깥으로 끌어내게 했다. 동천군은 사슴을 몰아 다시 자아의 진 앞으로 가서 크게 소리쳤다.

"옥허의 도우들! 당신들은 일개 범부를 잘못 보내 생명을 잃게 했으니, 마음이 편안하오? 바라건대 제발 고

명하고 도덕 높은 도인을 내보내 나의 진에 와서 승부를 가려봅시다."

선뜻 나설 자가 없었다. 할 수 없이 연등도인이 자항慈航도인에게 명했다.

"그대가 정풍주를 가지고 가서 풍후진을 격파하면 어떻겠소."

자항도인은 명을 받들며 노래를 지어 불렀다.

스스로 현도玄都에 숨어 세월도 알지 못했으니,
푸른 바다가 몇 차례나 먼지로 변했던고
옥경玉京의 금궐金闕에서 원시元始를 배알했고,
자부紫府의 붉은 노을에서 오묘함을 깨달았네.
기쁜 마음으로 천 년 학이 되어,
한가로이 만 년의 몸을 편히 쉬었네.
나는 이미 장생술을 얻었으나,
어찌 가벼이 세인에게 전할 수 있으리오

자항도인이 동천군에게 말했다.

"도우! 우리들은 지금 살생계를 범하고 있소. 당신들은 한가로이 노니는 것이 좋을 텐데 어찌하여 번거롭게 이 진을 펼쳐놓아 스스로 멸망을 자초하시오? 봉신방에 서명할 당시 그대는 일찍이 벽유궁에서 노닐었소. 당신

교단의 사존께서 일찍이 불교의 교지敎旨를 설명하는 두 마디의 게언偈言을 말씀하시며 궁문에다 붙이기를 '『황정경』을 정성껏 암송하며 굳게 문을 닫고 있으라. 만약 서쪽땅을 더럽히면 재앙을 받으리라'라고 하시었소."

"당신들 천교문하 사람들이 스스로 도술에 의지하여 누차 우리들을 깔보기에 우리들이 산에서 내려오게 되었소. 도우! 당신 또한 한가함을 즐기는 사람이니 속히 돌아가시고 다른 사람을 나오게 하시오."

"그대 한 몸도 돌보지 못하면서 나까지 걱정하다니 고맙구려!"

동천군이 크게 노하여 보검을 들어 자항도인을 찔렀다. 자항도인이 칼을 막으면서 말했다.

"제법이로군!"

칼을 들고 공격하여 서로 서너 합을 맞붙다가 동천군이 진문 안으로 달려 들어갔다. 자항도인은 뒤를 쫓아가 진문 앞에 이르렀으나 그 또한 감히 안으로 들어가지 못했다. 재촉하는 종소리가 울리고 빨려들 듯이 안으로 들어가 바라보니 동천군이 누대에 올라 검은 깃발을 흔들었다.

곧 방필을 해칠 때처럼 검은 구름이 피어올랐으나 자항도인은 정풍주를 지니고 있었다. 그러니 어찌 이 바람이 몸에 이를 수 있겠는가? 자항도인은 맑게 비치는 유리병을 공중에 쳐들고 황건역사에게 명하여 병 밑바닥을 하늘로 향하도록 뒤집었다.

마침내 병 속에서 한 줄기 검은 기운이 흘러나오고 한 차례 음험한 소리가 울리면서 동천군은 금방 병 속으로 빨려 들어갔다. 자항도인은 그 병을 가지고 풍후진을 나왔다.

흑기린에 올라 고대하고 있던 문 태사는 풍후진 속의 소식만을 기다리고 있었다.

진문 밖으로 나온 자항도인이 태사에게 말했다.

"풍후진이 이미 나에게 격파되었소."

풍후진마저 격파당하자 태사의 심장은 도려내듯이 아파왔다.

"이런이런! 어찌 이다지도 조가가 불운하단 말인가!"

흑기린을 맹렬히 몰아 금채찍을 들고 돌격하자, 황룡진인이 학을 타고 급히 저지했다.

"문 태사, 당신의 10진 중 겨우 세 진이 격파되었는데 그렇게 낙담할 거야 없지 않소. 제발 현명하지 못한 결단으로 우리들의 질서를 어지럽히지 마시오!"

한빙진寒氷陣의 원천군이 소리치며 달려왔다.

"문 태사! 다투지 마시오. 내가 나갑니다!"

태사는 다만 가만히 서 있을 수밖에 없었다. 원천군이 크게 소리쳤다.

"천교문하에서 누가 나의 이 진에 들어오겠는가?"

연등도인은 도행천존의 문하인 설악호에게 명했다.

"그대가 한빙진을 한번 격파해 보라."

설악호가 명을 받고 검을 빼어들고 나왔다. 원천군이 쳐다보니 한 동자인지라 이에 말했다

"동자는 속히 물러가서 너의 스승을 오시라고 해라!"

설악호가 화를 내면서 말했다.

"명을 받들고 나왔는데 어찌 순순히 돌아가겠소!"

설악호와 원천군은 몇 차례 싸우는 듯하다가 둘은 앞서거니 뒤서거니 진 속으로 들어갔다.

검은 깃발이 흔들리고 칼산처럼 생긴 얼음산이 아래로 떨어져 내렸으며. 이리 이빨처럼 생긴 얼음덩어리가 위로 올라 합쳐졌다.

설악호는 진 안으로 들어가자마자 한 차례 비명을 내지르며 이내 가루가 되어버렸다. 한빙진에서 검은 기운이 피어오르자 도행천존이 탄식했다.

"문하 두 사람이 지금 두 개의 진 안에서 죽었구나!"

원천군이 사슴을 타고 나와 소리쳤다.

"당신들 열두 명은 뛰어난 신선들인데 누가 나의 진

에 오겠소? 천방지축 도술도 없는 애를 보내 죽게 하다니 도대체 그 저의가 무엇이오!"

연등도인이 보현진인에게 한번 가보라고 명하자 보현진인이 노래를 부르면서 나갔다.

도덕의 근원은 감히 잊을 수 없고
차가운 얼음을 격파하려면 불이 얼음을 녹여야 하네.
속세의 마음 풀지 못하고 마장을 만났으니,
가슴 아파라!
지척의 눈앞에서 천당을 잃었네.

마장魔障이란 도가수행의 장애물을 말한다.

보현진인이 노래를 끝마치자, 원천군은 노기가 충천하여 칼을 들고 나갔다.

"원각衰角, 수고는 수고를 낳는 법, 어찌하여 이다지도 사악한 진을 설치하여 수고롭게 재난을 만드시오? 빈도가 이 진에 온 것은 첫째 내가 살생계를 범했고, 둘째 당신 도행의 공력이라는 하잘것없는 것을 격파해 보이려는 뜻이오. 일을 거두고 스스로 욕됨이 없게 하시오."

원천군과 보현진인 두 사람이 서너 합을 싸우다가 원각이 진 안으로 들어가고 보현진인도 곧이어 쫓아 들어갔다.

검은 깃발의 펄럭임 속에 위에서 얼음산이 내리쳤다. 보현진인이 손가락을 위로 뻗어 한 줄기 실 같은 흰 빛을 내쏘니, 솟아오른 상서로운 구름이 몇 길이나 되었고 그 위에는 금빛등잔이 달려 있었다. 이어서 구슬 달린 끈을 드리워 머리 위를 보호했다. 그 얼음산은 금빛등잔을 만나자 자연히 녹아내렸다.

한 시각쯤이 지나자, 원각은 자신의 진이 이미 격파되었음을 알고 몸을 날려 도망가려 했다. 보현진인은 오구검吳鉤劍을 뽑아들고 쫓아가 단칼에 베어버렸다. 원천군 원각의 영혼도 청복신에게 인도되어 봉신대로 향했다.

보현진인은 구름빛을 거둔 뒤 커다란 소매를 펄럭이면서 표연히 나왔다. 애태우는 문 태사의 모습은 처량하기만 했다.

이어서 금광진金光陣의 주인인 금광성모가 오점반표구五點斑豹駒 망아지를 몰아 나오면서 말했다.

"금광진을 무시하지 말라. 내가 저들의 원수를 갚겠노라! 누구 없느냐?"

연등도인이 좌우를 둘러보았으나 선뜻 나서서 이 진을 격파할 만한 사람이 없었다. 이리저리 궁리하던 차에 공중에서 한 도인이 내려왔다. 얼굴은 분을 바른 듯 희고 입술은 석류 속처럼 붉었다. 여러 도인들이 살펴보니 바로 옥허궁의 문하 소진蕭臻이었다. 소진이 여러 신선들에게 고개 숙이며 말했다.

"저는 스승의 명을 받들어 특별히 금광진을 격파하러 왔습니다."

말을 다 끝맺기도 전에 소진이 몸을 돌려 달려나갔다. 금광성모는 소진을 알지 못했으므로 물었다.

"오는 사람은 누구인가?"

소진이 웃으면서 말했다.

"당신은 내가 누군지도 알지 못할 것이오. 나는 옥허 문하의 소진입니다."

"그대는 어떤 도행을 수련했기에 감히 나의 진으로 오려 하는가?"

소진은 대답도 없이 칼을 휘두르며 덤벼들었다. 서너 합도 안되어 금광성모가 말을 몰아 진 안으로 도망했고 소진이 "내가 간다!"고 하며 곧장 금광진 안으로 쫓아들었다.

금광성모는 누대에 올라가 21개의 장대 위에 거울을 내걸었는데, 그 위에 각각 하나씩의 덮개가 있어서 거울은 보이지 않았다. 금광성모가 줄을 잡아당기자 홀연 거울이 나타났고, 손을 떼자 곧 우렛소리가 터져나왔다.

이어서 거울들이 진동하더니 여러 차례 돌면서 금빛을 내뿜었다. 금빛이 소진을 맞히자 비명소리와 함께 소진의 몸은 온데간데 없어졌다.

금광성모는 다시 반표구에 올라타고 진 앞으로 달려나가 말했다.

"소진은 이미 죽었다. 다음 차례는 누구더냐?"

연등도인이 광성자에게 명했다.

"그대가 한번 가보시겠소?"

광성자는 명을 받고 노래를 지어 불렀다.

인연이 있어 본래의 참됨을 깨달았으니,
일찍이 종남산에서 성인을 만났네.
연마한 장생술은 천고에 빼어난 것으로,
옥 같은 꽃술을 만들어내니 만 년이 지나도 새롭네.
완전한 도를 이루기 힘들다고 말하지만,
대지의 흩날리는 먼지는 또다시 봄을 맞네.
나의 도는 분명히 하나로 관통하지만,
다만 한 글자를 알지 못하는 것이 힘이 든다네.

금광성모는 광성자가 표연히 나아오는 것을 보고 크게 소리쳤다.

"광성자, 당신이 감히 나의 진을 감당할 수 있겠소?"

"이 진을 격파하는 것이 무슨 어려운 일이 있겠소? 단지 어린아이의 장난일 뿐인 것을!"

몇 차례 칼질하던 금광성모가 몸을 돌려 진 안으로 들어가자 광성자가 뒤따라 금광진 안으로 들어가보니, 누대 앞에 장대 21개가 있었고 그 위에 무슨 물건이 걸려 있었다. 금광성모가 누대에 올라가 끝을 잡아당기자 덮개가 벗겨지고 거울이 나타났다.

광성자는 급히 팔괘선의八卦仙衣를 펼쳐 머리까지 덮어써서 그 몸이 보이지 않게 했다. 거울의 금빛이 매우 기이하고 오묘했지만 팔괘자수의八卦紫壽衣를 꿰뚫지는 못했다. 한 시각이 지나도록 금빛은 그 몸을 꿰뚫을 수 없었고 우렛소리도 그 거울을 진동시키지 못했다.

광성자가 팔괘선의 밑으로 몰래 번천인番天印을 내리치자, 한 차례 쨍하는 소리가 울리면서 열아홉 개의 거울이 깨져 내렸다.

금광성모는 다급해져서 급히 남은 두 개의 거울을 손에 들고 흔들어 급히 금빛을 내쏘았으나 그보다 먼저 광성자가 번천인을 치켜들어 내리쳤다. 금광성모는 몸을 피할 틈도 없이 그만 정수리에 명중되어 머리가 깨져버렸다.

이어서 문 태사의 찢어지는 듯한 목소리가 들려왔다.

"어디 가느냐 광성자! 이놈의 원수들!"

흑기린에 박차를 가하려는 순간 화혈진化血陣 속의 손천군이 크게 소리쳤다.

"태사께서는 노하실 필요 없습니다. 내가 광성자를 사로잡아 금광성모의 원수를 갚겠습니다."

손천군은 대춧빛 얼굴이 온통 더부룩한 수염으로 뒤덮여 있었고 호두관虎頭冠에 황반록黃斑鹿을 타고 달려나왔다.

연등도인은 좌우를 둘러보았으나 또한 마땅한 사람이 없었다. 그때 황급히 달려오는 한 도인을 보았는데, 그는 여러 사람 앞에 이르자 머리 숙여 인사했다.

"여러 도형들은 안녕하십니까?"

연등도인이 대답했다.

"도사는 어디에서 오셨으며 존함은 뉘시오?"

"소승은 오이산五夷山 백운동에 사는 교곤喬坤이라 합니다. 십절진 중에 화혈진이 있다는 말을 듣고 강자아를 도우러 왔습니다."

채 말이 다 끝나지도 않았는데 손천군이 소리쳤다.

"누가 나의 진에 들어오겠는가?"

교곤이 정신을 가다듬고 짓쳐나갔다.

"너는 어떠한 놈이기에 감히 나의 화혈진을 격파하겠다는 것이냐? 억울한 죽음이 뻔한데도 달려들다니 배짱 한번 좋구나!"

교곤이 매우 화가 나서 욕설을 퍼부었다.

"손량孫良, 네 이놈! 큰소리치지 말라. 내 몸소 너의 진을 격파하고 너를 목매달아 서기사람들에게 보이겠다."

손천군 손량이 사슴을 몰면서 칼을 휘두르자 교곤이 달려나와 맞섰다. 몇 합도 채 싸우지 않고 손천군은 진 안으로 유인했다.

손천군은 누대에 올라가 한 줌 검은 모래를 흩뿌렸는데 모래를 뒤집어쓴 교곤은 어이없게도 곧 땅바닥에 곤두박질쳤다. 흘러내린 피가 온 땅에 질펀했다.

의기양양한 손천군이 다시 진에서 나와 소리쳤다.

"연등 도우, 당신은 그런 사람을 도인이라 하여 보냈소? 억울하게 그 사람만 죽었지 않소!"

연등도인이 태을진인에게 나가보라고 명하자, 태을진인이 노래를 지어 불렀다.

일찍이 장생술을 배우는 데 뜻을 두었는데,
오늘 바야흐로 도행의 정수를 알았네.
건곤을 운행시켜 상리常理를 뒤엎고,
해와 달을 이동시켜 서로 밝혔네.
청룡은 뜻이 있어 남쪽으로 돌아와 눕고,

백호는 다정하여 북쪽을 찾아가네.
구환단九還丹을 정련하려 하니 그 어느 곳일까?
진궁震宮의 우렛소리 울리니 서쪽을 바라보며 만드네.

태을진인이 노래를 마치자, 손천군이 말했다.

"도형, 그대는 파진할 사람이 못되오."

태을진인이 웃으면서 말했다.

"도우는 큰소리치지 마시게. 내가 이 진에 들어가는 것은 손바닥 뒤집기와 같네."

손천군이 크게 화가 나서 사슴을 몰아 칼을 빼들고 공격하자 태을진인도 칼로 막았다. 서너 합이 채 안되어 손천군을 쫓아 진문 속으로 들어간 태을진인의 등 뒤에서는 여전히 재촉하는 금종소리가 들려왔다.

진문에 이르러 태을진인이 손으로 땅을 가리키자 땅에서 두 송이 푸른 연꽃이 솟아났다. 진인은 두 송이 연꽃을 밟고 기세등등하게 들어갔다. 진인이 왼손으로 위를 가리키자 한 줄기 흰빛이 뿜어져 나왔는데 높이가 한두 장쯤은 되었고, 머리 위로 신묘한 구름이 일더니 공중을 선회하면서 미리 위를 보호했다.

누대 위에서 검은 모래 한 움큼이 뿌려졌다. 그 모래가 진인의 머리 위 구름에 닿자마자 순식간에 녹아 자취도 없어졌다.

손천군이 크게 노하여 다시 한 말의 검은 모래를 뿌렸으나 여전히 그 모래도 뿌려지는 족족 곧 녹아버렸다. 손천군이 놀라 황급히 몸을 돌려 도망치려고 했다.

이때 태을진인이 서둘러 구룡신화조九龍神火罩 불투망을 공중에 던져 덮어씌웠으니 손천군이 오도가도 못하는 게 당연했다. 진인이 한 차례 박수를 치자 아홉 마리의 화룡이 나타나 감싸돌면서 곧 손천군을 불태워 재로 만들어버렸다.

"태을진인은 멈추어라! 내가 간다!"

문 태사의 목소리는 다급하기 이를 데 없었다. 그러나 황룡진인이 학을 타고 날아와 태사를 저지했다.

"대인은 어찌 그리도 믿음이 없소? 10진 중에서 겨우 여섯 개가 격파되었을 뿐이니 잠시 돌아갔다가 내일 다시 만납시다."

문 태사는 분노가 북두성과 견우성을 찌를 정도였다. 이마 한가운데의 신목神目이 번쩍이며 머리칼이 하늘로 곤두섰다. 태사는 진영에 돌아와 급히 네 진의 주인들과 회합을 가졌다.

문 태사가 눈물이 범벅이 된 채 네 천군에게 말했다.

"나는 나라의 은혜를 입고 있고, 관직 또한 일국의 최

고지위에 있으니, 몸으로써 나라에 보답하는 것은 당연한 이치요. 그러나 이제 여섯 벗을 잃었으니 어찌 참을 수 있겠는가? 네 도우는 해도海島로 돌아가시오. 나는 강상과 죽음을 무릅쓰고 한 차례 싸울 것이니 둘 중 하나는 죽을 것이오."

네 천군이 말했다.

"태사께서는 진정하시오. 이것은 하늘이 정한 운명입니다. 우리들은 각자 결정한 바가 있습니다."

이렇게 말하고는 모두 본진으로 돌아갔다. 문 태사는 혼자 곰곰 생각해 보았으나 별다른 계책이 서지 않았다. 그때 갑자기 아미산 나부동羅浮洞의 조공명趙公明이 떠올라 마음속으로 생각했다.

'만약 이 사람이 온다면 큰일도 해결할 수 있겠다.'

급히 길립과 여경을 불러 말했다.

"병영을 잘 지켜라. 나는 잠시 아미산에 갔다 오겠다."

문 태사는 즉시 흑기린에 올라 구름을 빌려 타고 나부동으로 갔다. 삽시간에 아미산에 이르렀다. 태사가 흑기린에서 내려 산을 둘러보니 참으로 고요한 곳이었다. 학과 사슴이 노닐고 원숭이끼 제마다 짝을 찾았다. 동굴 앞에는 등나무 넝쿨이 늘어져 있었다.

문 태사가 물었다.

"안에 사람 계시오?"

얼마 후 한 동자가 나와 눈이 셋인 문 태사를 괴이쩍게 돌아보고 물었다.

"어디서 오신 분이십니까?"

"너의 사부님은 계시느냐? 상도商都의 문 태사가 왔다고 여쭈어라."

동자가 들어가 보고하자, 조공명이 듣고 급히 동부에서 나와 맞이했다.

"문 도형, 무슨 바람이 불어 여기까지 오셨소? 도형은 인간세상의 부귀와 훌륭한 집에서 영화를 즐기느라고 도가의 운치와 청담한 기풍을 완전히 잊어버린 줄 알았었소."

예의를 갖추고 자리에 앉자, 태사는 길게 탄식만 할 뿐 입을 열지 못했다.

조공명이 말했다.

"도형께서는 무엇 때문에 장탄식을 하시오?"

"나 문중은 어명을 받들어 서기로 반역자들을 정벌하러 왔소. 그런데 뜻하지 않게 곤륜교 수하의 강상이 계략이 뛰어난 데다 그 악당을 돕는 자들이 많아 번번이 기회를 잃어 이제 펼칠 만한 계책이 없게 되었소. 부득이 금오도金鰲島로 가서 진완秦完 등 열 명의 도우들의 도움으로 십절진을 설치하여 강상을 사로잡기를 바랐으나, 그 중 이미 여섯 개의 진이 격파되고 여섯 명의 도우마저 잃었소. 혼자서 생각해 보았으나 가히 의탁할 만한 곳이 없어서 외람되게도 이곳을 찾아왔으니 번거롭겠지만 도형께서 한번 와주시오."

"어찌하여 좀더 일찍 오지 않으셨습니까? 오늘의 패배는 스스로 자초한 것입니다. 이미 그와 같이 되셨다니 도형께서는 먼저 돌아가십시오. 곧 뒤따르겠습니다."

문 태사는 크게 기뻐하면서 조공명과 작별했다. 태사가 떠나자 조공명은 제자 진구공陳九公과 요소사姚少司를 불렀다.

"나를 따라서 서기로 가자."

두 제자는 명을 받들었다. 조공명은 짐을 꾸린 다음 두 명의 제자를 데리고 토둔법을 써서 서기로 갔다. 한참 가다가 갑자기 땅을 뚫고 나와 보니 높은 산 위였다.

조공명이 한참 산의 경치를 보고 있었는데 산등성이에서 갑자기 일진광풍이 몰아치면서 먼지가 일었다. 공명이 쳐다보니 한 마리 사나운 호랑이가 달려오고 있었다. 공명이 웃으면서 말했다.

"이번에 가는 길에 타고 갈 것도 없었는데 마침 잘되었다."

호랑이는 머리와 꼬리를 곧추세우고 맹렬한 기세로 들이닥쳤다.

조공명은 앞으로 뛰어가 두 손가락으로 호랑이를 땅에 꿇게 하고 호랑이의 머리에 끈을 덮어씌운 다음 등에 올랐다. 그리고 호랑이 머리에 부적 한 장을 붙였다. 호랑이는 네 발로 구름을 일으키며 삽시간에 태사진영에 도착했다.

군문 앞에 이르러 호랑이에서 내리자, 여러 병졸들이 하나같이 소리쳤다.

"호랑이가 온다!"

진구공이 말했다.

"괜찮소이다! 이것은 길들인 호랑이요. 빨리 문 태사께 조 선생이 이미 군문에 도착했다고 알리시오."

태사는 보고를 듣고 황급히 진에서 나와 맞이했다. 두 사람은 중군에 이르러 자리를 잡았다. 네 진의 주인인 네 천군도 와서 뵙고 군무에 관한 일을 함께 이야기했다.

조공명이 말했다.

"네 분 도형, 어떻게 십절진을 설치했기에 여섯 분의 도우를 잃었소? 진정 애석한 일입니다!"

한창 이야기하고 있다가 갑자기 고개를 들고 바라보

니 자아가 갈대집에 조강趙江을 매달아 두고 있었다.

조공명이 물었다.

"저 집에 매달린 사람은 누구요?"

백천군이 말했다.

"도형, 그 사람은 지열진의 주인인 조강입니다."

조공명은 매우 화가 나서 말했다.

"어찌 이런 법이 있단 말이오? 3교는 본래 하나이거늘 저들이 조강을 이와 같이 욕보이다니 우리의 체면은 어찌되는 것이오? 나도 저쪽 편의 사람을 하나 잡아다가 매달아야겠소."

곧 호랑이에 올라타고 채찍을 들었다.

公明輔佐聞太師

조공명이
문 태사를 보좌하다

조공명은 군영을 나와 크게 소리쳤다.

"강상은 빨리 나오라!"

나타가 듣고 보고했다.

"호랑이를 탄 어떤 도인이 사숙을 나오라 합니다."

연등도인이 자아에게 말했다.

"온 사람은 아미산 나부동의 조공명이오. 도우, 기회를 보아 행동함이 좋을 듯하오."

강자아는 명을 받고 갈대집에서 내려와 사불상을 탔는데, 좌우로 나타·뇌진자·황천화·양전·금타·목타 등이 호위했다. 건너다보니 행황기를 펄럭이며 검은 호랑이 위에 한 도인이 타고 있었다.

자아는 조공명을 보자 앞으로 나와 예를 갖추며 말했다.

"도우께서는 어느 명산의 동부에 계십니까?"

"나는 아미산 나부동의 조공명이오. 당신이 우리 도우들의 여섯 진을 격파하고 여섯 도우들을 해쳤다 하니 가슴이 저리듯이 아프오! 더구나 조강을 매달아 놓았으니 원통하기만 하오! 강상, 나는 당신이 옥허궁의 문하인 것을 알고 있으니 반드시 승부를 겨뤄야겠소!"

채찍을 들고 호랑이를 몰아 자아를 잡으려 했다. 자아는 칼로 급히 막았다. 몇 합 싸우지도 않아 조공명이 공중으로 채찍을 치켜들자 신기한 빛이 번갯불처럼 번득여 사람들을 놀라게 했다.

자아는 미처 피하지 못하고 채찍에 맞아 안장에서 떨어졌다. 나타가 급히 달려와 화첨창으로 조공명과 맞서는 사이에 금타가 자아를 구하여 돌아갔으나 자아는 이미 채찍에 등을 맞고 죽어버린 뒤였다.

창법을 운용하던 나타 또한 싸운 지 몇 합도 못되어 조공명의 채찍에 맞아 풍화륜 밑으로 떨어졌다. 황천화가 이를 보고 옥기린을 몰면서 두 자루의 철퇴로 공명을 막았고, 또 뇌진자가 날아올라 황금곤黃金棍을 휘두르며 내리쳤다. 양전마저 창을 휘두르며 말을 달려나와 공명을 한가운데로 포위해 버렸다.

조공명은 세 사람에게 둘러싸였는데, 뇌진자가 공중의 길을 막고 황천화가 땅의 길을 막고 있는 사이에 양전이 효천견哮天犬을 몰래 풀었다. 이 개는 흰 코끼리처럼 생겼는데 기세가 매우 등등했다.

미처 방비하지 못한 조공명은 효천견에게 목을 물려 상처를 입었고 도복 또한 찢겨나갔다. 할 수 없이 공명은 호랑이를 몰아 돌아가는 수밖에 없었다.

문 태사가 조공명의 불리한 기세를 보고 급히 앞으로 나가 위로했다. 공명은 "걱정없습니다" 하고 호리병에 든 선약을 꺼내 바르자 신기하게도 그 즉시 나았다.

한편 자아는 조공명의 채찍에 맞아 죽었으므로 승상부에 안치해 두었다. 무왕은 자아가 죽은 것을 알고 문무 여러 관리들과 함께 승상부로 가서 자아를 보았다. 자아는 얼굴이 백지장처럼 희어지고 눈을 감은 채 아무 말도 하지 못했다. 무왕은 고개를 끄덕이며 탄식했다.

"명리名利라는 두 글자는 모두 그림 속의 떡이 되었구나!"

그렇게 매우 슬퍼하며 한참을 탄식하고 있는데 보고가 들어왔다.

"광성자께서 자아를 뵈러 승상부로 오셨습니다."

무왕이 전각 앞에서 영접했다.

"도형, 자아가 이미 죽었으니 어떻게 해야 되겠소?"

"괜찮습니다. 자아는 본래부터 이러한 재난을 당하게 되어 있었습니다."

광성자는 물을 한 잔 가져오게 하여 단약 한 알을 손으로 개었다. 이어서 자아의 입을 비틀어 열고는 약을 열두 번에 걸쳐 나누어 입에 부었다. 한 시각쯤 지나자 자아가 크게 소리쳤다.

"아, 온몸이 쑤시고 아파 죽겠다!"

두 눈을 번쩍 뜨더니 침대 곁에 서 있는 무왕과 광성자를 보았다. 자아는 자기가 다쳐서 이미 죽었던 것을 알았다. 막 몸을 일으켜 사례하려 하자 광성자가 손을 흔들며 말했다.

"당신은 몸조신을 잘 해야 하니 함부로 움직이지 마시오. 나는 갈대집으로 돌아가 둘러보겠소. 조공명이 멋대로 날뛸까봐 걱정이 되오."

다음날 호랑이 등에 오른 조공명은 갈대집 앞에 이

르러 연등도인을 불렀다. 도인이 나와 고개 숙여 인사하면서 공명에게 말했다.

"도형, 안녕하십니까?"

"도형, 당신들의 우리 교단 속임이 어찌 이리 심하오! 나의 도는 당신이 알고 당신의 도는 내가 알고 있소. 당신은 내가 말하는 것을 한번 들어보시오."

천지가 개벽한 이래로 몇 해인지 기억조차 없지만,
각 장수들이 기묘한 도로써 참된 이치를 온전케 했네.
아직 은하수와 북두성이 생기지 않았을 당시,
먼저 우리 도당徒黨이 있은 뒤에 하늘이 생겨났다네.

"도형, 당신은 천교 옥허문하이고 나는 절교문요. 당신의 스승과 나의 스승은 원래 한 스승께 비법을 전수받아 도를 이루고 신선이 되어 모두 교주가 되셨소이다. 그런데 당신들이 조강을 갈대집 위에 매달아놓은 것은 우리 도를 티끌과도 같이 가볍게 여겨 멸시하는 것이오. 3교는 본래 하나의 근원에서 나온 것임을 모르시오?"

"조 도형, 봉신방에 서명할 낭시 딩신은 벽유궁에 있었소?"

"내가 어찌 모르겠소!"

"당신도 이미 안다고 하니 말하겠소. 당신의 스승께서 일찍이 말씀하기를 '신의 이름은 3교 내에 모두 밀봉되어 알 수 없고 죽은 뒤에야 분명히 드러난다'고 하셨소. 당신의 스승께서 명백히 말씀하셨는데, 도형은 오늘 여기에 와서 자신의 마음을 어둡게 하고 하늘의 일을 역행하니 이것은 도형 스스로가 깨우치지 못한 불찰이오. 우리들이 이러한 액운을 만났으나 길흉은 아직 알 수가 없소. 나는 천황에게서 수행하여 깨달음의 정수인 정과正果를 얻었으나 지금에 이르러서는 속세를 벗어나기 어렵소. 그러나 도형은 속박되어 있지 않은데도 억지로 명예와 이익을 다투고 있소."

조공명이 크게 화를 내며 말했다.

"감히 내가 당신만 못하다고 말하는 것이오?"

공명이 말을 끝마치자 황룡진인이 학을 타고 와서 크게 소리쳤다.

"조공명, 그대는 오늘 여기에 왔으며 또한 봉신방에도 이름이 올라 있으니 응당 이곳에서 죽어야 할 것이오!"

조공명은 화를 내며 채찍을 휘어잡고 황룡진인을 잡으려고 했다. 진인이 급히 보검으로 맞섰다. 채찍과 칼이 뒤엉켰다. 몇 합 싸우지 않아 조공명이 박룡삭縛龍索을 쳐들어 공중에서 황룡진인을 사로잡았다. 적정자는 황룡진인이 잡혀가는 것을 보고 크게 외쳤다.

"조공명은 무례하도다!"

적정자가 칼을 들고 공명에게 달려들자 그의 채찍이 날았다. 두 도인은 15합 정도 싸우다가 공명이 한 물건을 꺼냈는데 정해주定海珠라는 것이었다. 그 구슬은 24알로 되어 있었다.

조공명이 이 보물을 공중에 들어 올리자 오색광채가 나서 설사 신선이라 해도 분명하게 볼 수 없었다. 한번 휘둘러 적정자를 맞혔다. 공명이 막 채찍으로 적정자의 정수리를 내리치려고 하자 광성자가 급히 달려오면서 크게 소리쳤다.

"우리 도형을 해치지 말라! 내가 간다!"

조공명은 광성자가 흉악하게 달려오는 것을 보고 급히 그를 막았다. 두 사람이 싸우다가 한 합도 채 안되어 공명이 또 이 구슬을 들어올리자 광성자가 땅으로 떨어졌다. 다시 도행천존이 급히 공명을 막았다.

조공명이 연달아 이 보물을 사용하여 다섯 명의 상선上仙을 다치게 했다. 옥정진인·영보대법사까지 다섯 명이 패하여 갈대집으로 돌아갔다.

조공명은 연달아 승리하고 진영으로 돌아갔다. 그가 중군에 이르자 문 태사는 그의 승리를 찬사했다.

조공명은 황룡진인을 깃대 위에 매달도록 명하고 진인의 머리에 부적을 붙여 그의 영혼이 쉽게 도망치지 못하도록 했다. 태사가 베푼 진영 안 주연은 네 천군까지 합세하여 흥겹기 이를 데 없었다.

한편 연등도인은 다섯 명의 신선이 부상을 당했는지라 여러 도우에게 물었다.

"오늘 조공명이 도대체 무슨 물건을 사용하여 우리 도우들을 다치게 한 것이오?"

영보대법사가 말했다.

"단지 사람을 매우 심하게 다치게 한다는 것만 알 뿐, 무슨 물건인지는 모르겠고 보아도 분명치 않았습니다."

다시 다섯 명이 일제히 말했다.

"붉은빛이 번뜩이는 것만 보일 뿐 무슨 물건인지 알 수 없었습니다."

연등도인이 듣고서 걱정이 태산 같았다. 그때 홀연 머리를 들어 바라보니, 황룡진인이 태사진영의 깃대 위에 매달려 있었으므로 모두들 걱정으로 땅이 꺼졌다.

여러 도우들이 탄식했다.

"우리들은 이러한 재난을 만났으나 벗어날 수가 없습니다. 지금 황룡진인이 이처럼 곤란을 당하고 있으니 우리들의 마음이 몹시 아픕니다. 누가 저 진인을 구해낼 수 있다면 좋을 텐데."

옥정진인이 말했다.

"걱정 마시오. 저녁때 다시 조치를 취합시다."

여러 도우들은 더 이상 아무 말도 하지 않았다. 해가 서쪽으로 지자, 옥정진인은 양전을 불러 말했다.

"그대가 오늘밤 가서 황룡진인을 구해 오라."

명을 받든 양전이 초경쯤이 되어 날개달린 개미로 변신했다. 이윽고 황룡진인의 귓가에 이르러 작은 소리로 말했다.

"사숙, 제자 양전이 명을 받들고 스승을 구하러 왔습니다. 어떻게 해야 벗어날 수 있습니까?"

"머리 위에 붙은 부적을 제거하면 달아날 수 있네."

양전이 부적을 떼어버리자 황룡진인은 금방 힘을 얻어 달아나 갈대집에 와서 머리를 숙이며 옥정진인에게 사례했다. 이에 여러 도인들은 크게 기뻐했다.

한편 조공명 등은 한창 술자리가 무르익어 매우 즐겁게 놀고 있었는데 갑자기 등충이 와서 보고했다.

"아룁니다. 깃대 위의 도인이 보이지 않습니다!"

조공명은 손가락으로 한번 짚어보더니 양전이 구해

갔다는 것을 알게 되었다. 공명이 웃으며 말했다.

"네가 오늘은 도망갔지만 내일은 어찌 도망갈 수 있겠느냐?"

때가 이미 2경이었으므로 자리를 파하고 각기 숙소로 돌아갔다.

다음날 중군에서 조공명은 호랑이를 타고 일찌감치 갈대집 앞으로 가서 연등도인을 불러냈다. 도인은 공명이 호랑이를 타고 온 것을 보고 여러 도우에게 일렀다.

"당신들은 나올 필요 없소. 내가 나가 그를 만나리다."

연등도인은 사슴을 타고 나섰으며 여러 명의 문인이 뒤를 따라 진 앞에 이르렀다.

조공명이 말했다.

"양전이 황룡진인을 구해 갔는데 그는 변화의 도술을 가진 듯하니 그를 좀 나오라 하시오."

연등도인이 웃으며 말했다.

"도우는 범용한 사람이시구려. 이것은 그의 능력이 아니라 무왕의 크나큰 복이자 강상의 덕일 따름이오."

조공명이 조롱하듯 말했다.

"당신은 늘 이런 말로 사람들의 마음을 현혹시키는가? 한심스럽기만 할 뿐이로군!"

조공명이 채찍으로 내리치자 연등도인이 "제법이시

구려!" 하며 급히 칼로 막았다. 몇 합이 안되어 공명이 정해주를 들어올렸다. 도인이 혜안慧眼을 빌어 살펴보니 오색광채가 나는 것만 보일 뿐 무슨 물건인지는 볼 수 없었다.

한참 살피다가 사슴을 돌려세워 갈대집을 등지고 서남쪽을 향해 달아났다. 조공명이 뒤를 쫓아 한참을 앞으로 나가니 한 산기슭에 이르렀다.

소나무 아래에서 두 사람이 바둑을 두는데 한 사람은 푸른 옷을, 한 사람은 붉은 옷을 입고 있었다.

한참 바둑을 두다가 사슴의 토닥이는 소리가 들려 두 도인이 돌아보니 다름 아닌 연등도인이었다. 두 사람이 황급히 까닭을 묻자, 연등도인은 조공명이 서기를 정벌하는 이야기를 한바탕 들려주었다.

두 사람이 말했다.

"염려하지 마십시오. 어르신께서는 한쪽 편에 서 계십시오. 우리 두 사람이 그에게 물어보겠습니다."

한편 조공명은 호랑이를 타고 번개치듯 달려와 곧 다다랐다. 공명이 살펴보니 각기 붉은색과 푸른색 옷을 입은 두 사람이 바둑을 두고 있었다. 공명이 물었다.

"당신들은 뉘십니까?"

두 사람이 웃으면서 대답했다.

"당신은 우리가 누군지도 모르면서 신선이라 할 수 있소? 우리는 오이산의 산인散人으로 소승蕭升과 조보曹寶라 하오. 우리 형제는 한가로이 바둑을 두면서 세월을 보내고 있소. 오늘 연등도인이 당신에게 속은 것이 매우 심한 듯하오. 당신은 천도를 거스르면서 거짓된 것을 섬기고 진실한 것을 없애는데도 자신의 죄는 알지 못하고 도리어 공격을 가하니 그 까닭을 묻고 싶소."

조공명이 어쭙잖다는 듯이 소리쳤다.

"당신들은 얼마나 큰 재주가 있기에 감히 이와 같이 군단 말이오!"

하면서 채찍을 휘두르자 두 도인이 급히 보검으로 맞섰다.

채찍과 칼이 오가며 몇 합 싸우지 않아서 조공명은 박룡삭縛龍索을 들어올려 두 도인을 잡으려 했다. 소승이 이 밧줄을 보고 웃으며 급히 가죽주머니에서 금전 한 개를 꺼냈는데, 날개가 달려 있었고 이름하여 '낙보금전落寶金錢'이라는 것이었다.

그것을 공중에 집어던지자 박룡삭이 금전을 따라 땅에 떨어졌다. 조보가 급히 밧줄을 집어가버렸다. 공명은 자기 보물을 집어가는 것을 보고 소리쳤다.

"이 불한당 같으니! 어찌 감히 내 보물을 가져가느냐!"

또 정해주를 꺼내 공중에 들어올리자 상서로운 광채가 천 겹으로 쏟아져 내렸는데, 소승이 또 금전을 던지자 정해주도 금전을 따라 떨어졌고, 조보가 또 황급히 정해주를 집어갔다.

조공명은 정해주를 빼앗기자 펄펄 뛸 만큼 화가 나서 급히 신편神鞭 채찍을 들어올렸다. 소승은 또 금전을 던졌는데, 그는 미처 채찍은 병장기일 뿐 보물이 아니라는 것을 생각하지 못했다. 그러니 어찌 떨어지겠는가! 채찍은 소승의 정수리에 명중하여 그만 머리가 깨져버렸다.

조보는 도형이 죽은 것을 보고 소승의 원수를 갚으려 했다. 연등도인은 멀찍이서 살피다가 탄식했다.

"두 도우가 바둑을 두며 담소하고 즐겼는데, 나 때문에 이와 같은 고초를 당할 줄 어찌 알았으랴! 내가 몰래 그를 좀 도와주어야겠다."

급히 건곤척乾坤尺 잣대를 들어올렸다. 조공명은 미처 방비하지 못했으므로 건곤척에 맞아 호랑이의 등에서 거의 떨어질 뻔했다.

조공명은 크게 한 차례 소리를 지르고는 호랑이를 몰아 남쪽을 향해 달아나버렸다. 연등도인은 앞으로 나아가 사슴에서 내려 사례했다.

"도형께서 베풀어주신 도술의 덕에 깊이 감명받았습니다. 가련하게도 그 붉은 옷을 입으신 도인께서 불행을 당하셨으니 마음을 억누를 길이 없습니다! 두 분은 어느 명산의 어느 동부에 계십니까? 성함은 어찌되시는지요?"

"빈도들은 오이산에 사는 소승과 조보입니다. 한가하고 한가한 여유를 즐기는 까닭에 바둑을 빌어 소일하고 있던 참이었습니다. 지금 어르신을 만났으나 실은 분한 마음이 가득합니다. 뜻하지 않게 소형이 공명의 사악한 손아귀에서 죽임을 당했으니 실로 한탄스러운 일입니다."

"방금 전 그 금전을 써서 떨어뜨린 조공명의 보물은 과연 무엇입니까?"

"그 보물의 이름은 모르겠습니다."

조보가 그것을 꺼내 연등도인에게 보여주었다. 도인이 정해주를 보자마자 박수를 치며 소리쳤다.

"오늘 바야흐로 이 진기한 물건을 보았으니, 나의 도는 이루어졌도다!"

조보가 급히 그 까닭을 묻자 연등도인이 대답했다.

"이 보물은 정해주라고 하는데, 태초 이래로 이 구슬은 빛을 발하며 현도玄都를 비추었습니다. 그러나 후대로 오면서 묘연하게 자취를 감추어 누구의 손에 들어가 있는지 알지 못했습니다. 오늘 다행스럽게도 도우를 만나 이 보물을 얻었으니 빈도는 마음이 심히 즐겁습니다."

"어르신께서 이미 이 보물을 얻으려 하신 것으로 보아 필시 쓸 곳이 있을 것이니 어르신께서 거두십시오."

"빈도는 공이 없는데 어찌 감히 받겠습니까?"

"물건에는 각기 주인이 있습니다. 이미 어르신의 도에 도움이 될 수 있다면 받으시는 것이 마땅합니다. 저는 가져도 소용이 없습니다."

연등도인이 고개 숙여 조보에게 사례하고 두 사람이 함께 서기로 가서 갈대집에 이르렀다. 여러 도인들이 몸을 일으켜 상면했고, 도인은 소승을 만난 일을 한바탕 얘기해 주었다. 도인이 또 여러 사람들에게 이야기했다.

"조공명이 여러 도우들을 맞혀 땅에 떨어지게 한 것은 바로 정해주입니다."

여러 도인들은 비로소 깨달았다. 연등도인이 그것을 꺼내 여러 사람에게 보여주니 모두 탄식을 금치 못했다.

한편 건곤척에 얻어맞고 또 정해주와 박룡삭을 잃어버린 조공명은 갈데없이 돌아오니 문 태사가 맞이했다. 그가 연등도인을 쫓아간 일에 대해 물어보았으나 공명은 길게 한숨만 내쉴 뿐이었다.

"도형께서는 무엇 때문에 그러십니까?"

"내가 수행을 시작한 이래 오늘에 이르러 실패를 했습니다. 막 연등도인을 쫓아가다가 우연히 두 사람을 만났는데, 소승과 조보라고 하는 자들로 나의 박룡삭과 정해주를 빼앗아가 버렸습니다. 내가 득도한 것은 이 진기한 구슬 때문인데 지금 이름 없는 소인배에게 빼앗겼으니 내 마음이 깨지는 듯합니다!"

조공명이 이어 분부했다.

"진구공과 요소사는 이곳을 잘 지켜라. 나는 삼선도三仙島에 갔다 오겠다."

태사가 말했다.

"도형께서는 가셨다가 속히 돌아오셔서 제가 기다리지 않도록 해주십시오."

마침내 조공명은 호랑이 등에 올라 구름을 타고 가기를 한 시각도 채 되지 않아 삼선도에 이르렀다. 동굴 앞에 다가가 한 차례 기침을 해서 인기척을 냈다. 세 낭랑이 동굴을 나와 맞이하며 말했다.

"오라버니께서는 안으로 들어가십시오."

인사하고 앉자, 운소낭랑雲霄娘娘이 물었다.

"오라버니께서는 어디를 갔다가 오시는 길입니까?"

"문 태사가 서기를 정벌하러 나섰는데 이기지 못하

여 나에게 하산하도록 청했네. 나는 천교문인들을 만나 몇 차례 싸워 계속해서 이겼다네. 뒤에 연등도인이 나와 큰소리치기에 내가 정해주를 들어올렸더니 연등도인이 그만 도망치더군. 내가 곧 그를 추격했는데 뜻하지 않게 소승과 조보라는 무명의 조무래기 도인들을 만났다네. 그러다 그만 나의 두 가지 보물을 빼앗기고 말았다네."

조공명은 억울한 마음으로 계속 말했다.

"천지가 개벽된 이래 내가 도를 이룬 것은 이 두 보물을 얻어야 가능했다네. 나는 바야흐로 성정性情을 수양하여 나부동에서 원시元始의 도력을 증명하려 했었다네. 그런데 지금 그 보물들이 하루아침에 조무래기 놈들의 손에 들어갔으니 마음만이 아플 뿐이네. 특별히 이곳의 금교전金鉸剪 가위나 혼원금두混元金斗 바가지를 빌려 그것으로 힘써 이 두 가지 보물을 되찾는다면 내 마음이 편해지겠지만 말일세."

운소낭랑은 다 듣고 나더니 고개를 좌우로 흔들며 말했다.

"큰오라버니, 이 일은 불가합니다. 옛날 3교가 함께 논의하여 봉신방에 서명할 때 우리들은 모두 벽유궁에 있었습니다. 우리 절교문인들이 봉신방에 자못 많으므로 이것 때문에 동부를 벗어나는 것을 금지했습니다. 저희 스승께서 말씀하시기를 '이름을 밀봉해 놓았으니 마땅히 근신해야 한다'라고 하셨고 궁문 밖에도 또 두 구절이 붙어 있습니다."

> 동부의 문을 굳게 닫아걸고,
> 조용히 『황정경黃庭經』 서너 권을 암송하라.
> 몸을 서쪽 땅에 던지면,
> 봉신방 위에 이름이 있게 된다네.

운소낭랑은 이어서 말했다.

"지금 천교의 도우들이 살생계를 범하고 있으나 우리 절교사람들은 조신하며 지내고 있습니다. 옛날에 '봉황이 기산에서 울어 지금 성주聖主께서 나셨다네' 하는데 하필 그들과 다투십니까? 오라버니, 산을 내려가지 마십시오. 오라버니와 우리들은 강자아가 신에 봉해질 것을 기다리면서 신선의 옥석玉石을 살펴보기만 합시다. 오라버니께서는 아미산에 돌아가 봉신의 일이 마무리 될 날을 기다리소서. 제가 영취산에 가서 연등도인에게 구슬을 받아내 오라버니께 돌려주도록 하겠습니다. 지금 금교전과 혼원금두를 빌려달라 하시지만 저희 자매들은 감히 명에 따를 수가 없습니다."

"그래, 내가 와서 빌려달라고 이토록 애걸하는데 감히 거절한단 말인가?"

"빌려드리지 않겠다는 것이 아닙니다. 한번 잃어버리기라도 한다면 그땐 후회해도 이미 늦은 것입니다! 제발 산으로 돌아가세요. 급하게 서두르실 필요가 없어요."

조공명이 탄식했다.

"한집안 안에서도 이와 같으니 하물며 다른 사람에 있어서랴!"

드디어 몸을 일으켜 작별을 하고서 동굴 문을 나섰는데 안색에 노한 기색이 역력했다.

조공명은 호랑이를 타고 동부를 나와 금방 바다 위를 지나고 있었는데, 뒤에서 어떤 사람이 "조 도형!" 하고 불렀다. 공명이 고개를 돌려 쳐다보니 한 여도사가 바람을 타고 다가왔다. 바로 함지선菡芝仙이었다.

조공명이 말했다.

"도우께서는 어떻게 알아보았소?"

"도형께서는 어디 가시는 길이오?"

조공명은 서기를 정벌하다가 정해주를 잃어버린 일을 한 차례 말해 주었다.

"그래서 방금 나의 누이동생에게 금교전을 빌려 정해주를 다시 빼앗아 오겠다고 부탁했더니, 그 애가 고집을 세워 허락하지 않는 까닭에 이와 같이 다른 곳에 가서 보물을 빌려 다시 도모하려는 참입니다."

"어찌 그럴 수가 있단 말이오! 도형과 내가 함께 돌아가 봅시다."

함지선이 조공명에게 청하여 되돌아가 다시 동굴 문에 이르렀다. 동자가 세 낭랑에게 아뢰었다.

"큰나으리께서 또 오셨습니다."

세 낭랑은 다시 동굴에서 나와 맞이했다. 함지선과 함께 온 것을 보고 예를 갖추고서 앉았다.

함지선이 말했다.

"세 낭랑님들! 도형과 그대들 세 분은 한가족인데 어찌하여 윗사람의 말을 따르지 않습니까? 설사 옥허궁 쪽에는 도술이 있고 우리에게는 도술이 없다 해도, 그들이 이미 도형의 두 보물을 가져갔으니 도형께 힘을 빌려드리는 것이 당연한 이치입니다. 만약 도형께서 다른 곳에 가서 진기한 보물을 빌려 다시 서기의 연등도인에게서 보물을 되찾는다면, 자매들의 체면은 말이 아니게 됩니다. 지금 친형제도 빌려주지 않는데 하물며 다른 사람이 보물을 빌려줄 리 있겠습니까? 저도 팔괘로八卦爐에서 무엇을 좀 만들어 문 태사를 도우러 가는 중인데, 어찌하여 그대들은 남의 일처럼 여기시오!"

벽소碧霄낭랑이 곁에서 거들며 말했다.

"언니, 이제 그만 금교전을 오라버니께 빌려드립시다."

운소낭랑은 다 듣고 나서 한동안 깊이 생각하다가 한숨을 내쉬더니 달리 방법이 없는지라 부득이 금교전을 꺼내왔다.

운소낭랑이 말했다.

"오라버니! 금교전을 가지고 가서 연등도인에게 '당신이 정해주를 나에게 돌려주면 모르겠거니와 만약 구슬을 돌려주지 않는다면 금교전을 사용하겠소. 그때는 기운 달이 다시 둥글어질 때까지 후회해도 소용없을 것이오'라고 말하시면, 자연히 구슬을 되돌려 줄 겁니다. 오라버니, 제발 경솔하게 일을 행해선 안됩니다!"

조공명은 승낙하고서 금교전을 받아 삼선도三仙島를 떠났다.

함지선이 공명을 전송하면서 말했다.

"나는 팔괘로에서 진기한 것을 만들고 있는데 곧 갈 것이오."

그녀들은 서로 작별했다.

조공명은 구름을 따라 곧 천자의 본영에 이르렀다. 문 태사가 맞이하여 중군으로 들어가 앉았다. 공명이 자초지종을 말하자 태사가 크게 기뻐하며 술자리를 베풀었고, 네 진의 주인도 함께 즐겼다.

다음날 아침, 태사진영에서 포성이 울리자 문 태사는 흑기린에 올라탔고 좌우에는 등충·신환·장절·도영이 늘어섰다.

조공명은 호랑이를 타고 싸움에 임하여 연등도인에게 나와서 답하라고 청했다. 나타가 갈대집으로 가서 보고하자 도인은 이미 그 뜻을 알아차렸다.

'조공명이 이미 금교전을 빌려왔겠군.'

연등도인은 여러 도우들에게 일렀다.

"조공명이 금교전을 가지고 있는 듯 보이니 도우들은 나오지 마시오. 나 혼자 가서 그를 만나겠소."

사슴에 올라타고 진 앞으로 나아갔다. 조공명은 연등도인을 보자 큰소리를 해댔다.

"당신이 정해주를 돌려준다면 모든 일을 없던 일로 하겠으나, 만약 나에게 돌려주지 않는다면 기필코 당신과 승부를 결하여 얻어내겠소!"

"이 구슬은 불가의 보물로 지금 주인을 만났으니 반드시 주인이 가져야 하오. 당신 같은 좌도방문이 어찌 이것을 가질 수 있겠소? 이 구슬은 또한 내가 도를 이룬 결과로 기다린 보물이니 당신은 망령된 생각일랑 마시오."

조공명이 크게 소리쳤다.

"오늘 그대가 이리 무례하니 그대와 나는 기운 달이 둥글어질 때까지 싸우리라. 돌이킬 수 없는 일이로다!"

연등도인은 조공명이 호랑이를 몰아 달려오는 것을 보자 사슴을 몰면서 맞섰다. 호랑이와 사슴이 뒤얽히고 몇 합을 왕래하며 싸웠다.

조공명이 드디어 금교전을 쳐들었다.

陸壓獻計射公明

육압도인이 계책을 바쳐 조공명을 쏘다

조공명이 금교전金蛟剪 가위를 들어올렸는데, 본시 이 가위는 두 마리의 교룡으로, 천지의 신령스러운 기운을 모아들이고 일월의 정화를 받아들인 것이었다. 공중으로 들어올리면 상하로 나뉘면서 상서로운 구름이 본체를 둘러싸며 가위처럼 머리가 맞물리고 꼬리와 꼬리가 한 가닥으로 교차되어, 그 대상이 득도한 신선이라도 상관없이 단번에 둘로 질라비린다.

연등도인은 급히 매화록을 내팽개치고 목둔법木遁法을 써서 도망했다. 연등도인의 몸뚱이 대신 매화록이 단번에 둘로 잘려나갔다. 조공명은 화가 가라앉지 않았지만 일이 여의치 않자 잠시 진영으로 돌아갈 수밖에 없었다.

한편 연등도인이 갈대집으로 피해 도망오자 여러 신선들이 맞이하여 금교전의 연고를 물었다. 도인이 머리를 흔들었다.

"참으로 놀라운 물건이었소! 공중에 들어올리자 두 마리 용처럼 얽혀서 떨어져 내려오는데 마치 날카로운 칼과 같았소. 나는 형세의 불리함을 느끼고 화급히 목둔법에 힘입어 도망쳐 왔소. 그러나 애석하게도 나의 매화록은 단번에 두 동강이가 나버렸소!"

여러 도인들이 듣더니 모두 두려워하며 함께 그 대책을 논의했다. 한창 이야기하고 있던 중인데, 한 도인이 찾아와 보기를 청했다. 허락하자 그 도인은 성큼 갈대집으로 올라와 고개 숙여 인사하면서 말했다.

"여러 도형들, 안녕하십니까?"

연등도인과 여러 도인들은 그 도인을 알지 못했다. 연등도인이 웃는 낯으로 물었다.

"도우께서는 어느 명산 어느 동부에 계십니까?"

"소승은 5악을 떠돌며 4해에서 노닐고 있으니 한낱 야인에 불과합니다. 빈도의 이름은 육압陸壓입니다. 조공명의 악행을 이미 듣고 있던바, 또다시 금교전을 빌려 여러 도우들을 다치게 하려 하고 있다 하더군요. 그러나 그는 단지 도술의 무궁함만을 알 뿐 현묘함 속에서 더욱 현묘한 것을 깨닫는 위인은 되지 못합니다. 그래서 이처럼 빈도가 그를 한번 만나보러 온 것입니다. 그로 하여금 금교전을 사용해 보았자 소용없다는 것을 알게 한다면 그는 자연히 그만둘 것입니다."

다음날 조공명은 호랑이를 타고 갈대집 앞으로 달려와 소리쳤다.

"연등, 당신은 무궁하고 기묘한 도가 있다면서 어제는 어찌하여 도망치셨소? 속히 와서 오늘은 승부를 가려 봅시다!"

나타가 갈대집에 올라 보고하자 육압도인이 말했다.

"빈도가 가겠습니다."

육압도인은 갈대집에서 내려와 곧장 군진 앞으로 갔다. 조공명은 홀연 한 왜소한 도인이 다가오는 것을 보았다. 그는 어미관魚尾冠을 쓰고 큰 홍포를 입었으며 특이한 생김새에 기다란 수염을 길렀는데, 노래를 부르며 다가왔다.

안개노을 깊이 서린 곳에서 현진玄眞을 찾아다니고,

모래사장을 향해 앉아 헛된 먼지를 씻어내네.
6욕欲7정情을 모두 없애버리고,
공명을 물에 흘려보내니,
마음대로 소요하며 한가롭기 짝이 없네.
야인을 찾아가 함께 낚시질하고,
시인을 찾아가 함께 읊조리네.
즐거움에 흠뻑 취하니 이게 바로 별천지라네.

조공명은 알지 못하는 사람인지라 물었다.

"오시는 분은 뉘시오?"

"그래, 당신은 빈도의 그 유명한 이름도 들어보지 못했소이까? 그러고도 어찌 도우라 할 수 있겠소? 소승은 서곤륜의 한인閑人 육압이오."

조공명은 조롱을 받았다고 생각하며 화를 냈다.

"이 요사스러운 도사놈! 어찌 이처럼 함부로 입을 놀려 사람을 해치려 드는가! 나를 속이려 함이 어찌 이다지도 심하더냐!"

호랑이를 몰아 달리며 채찍을 들고 쫓아오자, 육압도인이 칼을 들고 맞섰다. 15합이 채 못되어 조공명은 금교전을 공중에 쳐들었다. 도인이 보고 "잘 왔다!"라고 소리치면서 한 가닥 긴 무지개로 변하여 도망쳤다.

조공명은 육압도인이 도망치는 것을 보고 분노를 달

랠 길 없었으나, 또한 갈대집 위에 연등도인이 위엄있게 앉아 있는 것을 보고 이를 갈며 돌아왔다.

육압도인은 도망치기는 했으나 이번은 조공명과 싸우려는 뜻이 아니었다. 단지 공명의 모습을 보려는 의도였던 것이다. 까닭에 이 날은 몇 합을 겨뤄보는 것으로 그쳤다.

육압도인은 돌아가 여러 도우들과 만났다. 연등도인이 물었다.

"조공명을 만난 일은 어찌되었습니까?"

"빈도에게 방법이 있는데 이 일은 자아공에게 청하여 그가 스스로 행해야 합니다."

자아가 몸을 굽혀 절했다. 육압도인은 꽃바구니를 열어 한 폭의 부적을 꺼냈는데, 그 위에는 부인符印과 구결口訣 즉 구전의 비결이 있었다.

"이대로 하시면 됩니다. 기산에 가서 진영을 세우신 뒤 단을 하나 쌓으십시오. 그런 다음 한 개의 제웅을 묶어 그 몸에다 '조공명' 세 글자를 쓰고 머리 위에는 한 개의 등잔을, 발아래에도 한 개의 등잔을 켜십시오. 북두성의 방향을 밟으며 부적을 붙이고 불로 태운 뒤 하루에 세 차례씩 절을 하시오. 스무하루가 지나면 빈도가 한낮에 가서 공을 도울 깃이고, 조공명은 자연히 죽게 될 것입니다."

자아는 들은 대로 몰래 3천 명의 인마를 내어 남궁괄과 무길로 하여금 먼저 가서 준비하게 했다. 자아는 천천히 군대를 따라 기산에 갔다.

남궁괄이 누대를 쌓은 다음 한 개의 제웅을 묶어놓았는데, 모두 일러준 방법대로 만들어놓은 것이었다. 자아가 머리를 풀어헤치고 칼을 잡고 북두성에 의거해 걸으며 부적을 붙이고 연이어 4·5일 동안 절을 하자, 조공명은 마음에서 불이 일어나는 듯했다. 게다가 궁지에 몰린 쥐처럼 군막 앞뒤로 왔다갔다 하면서 귀를 잡고 뺨을 자꾸 감쌌다.

문 태사는 조공명이 이처럼 불안해 하는 것을 보고 군사 일을 논할 마음마저 사라졌다. 이때 열염진烈焰陣의 주인 백천군이 진영으로 들어와 태사를 보고 말했다.

"조 도형이 저렇게 정신없이 불안해 하시니 잠시 진영 내에 머물게 하시는 것이 좋겠습니다. 제가 열염진으로 천교문인을 만나겠습니다."

태사가 백천군을 저지하려 하자 그는 크게 소리쳤다.

"십진 중에서 한 개의 진도 성공하지 못했는데, 아무 취한 바도 없이 앉아서 보기만 한다면 언제 성공을 얻을 수 있겠소!"

종소리가 울리는 가운데 백천군은 사슴을 타고 갈대집 아래로 가서 크게 소리쳤다. 연등도인은 다른 도인들과 함께 갈대집에서 내려와 늘어서서 막 나가려고 했는데, 미처 자리잡고 서기도 전에 백천군의 고함소리가 들렸다.

"옥허문하에서 누가 나의 진에 오겠는가?"

연등도인은 좌우를 둘러보았지만 한 사람도 답하는 사람이 없었다. 육압도인이 곁에서 물었다.

"이 진의 이름은 무엇입니까?"

"이것은 열염진이오."

"내가 가서 그를 한번 만나보겠소."

육압도인이 다가오자 백천군이 물었다.

"그대는 누구인가?"

"당신이 이 같은 진을 설치해 두었는데 진의 내부에는 반드시 현묘한 것이 있기는 있겠지요? 빈도는 육압이라고 하는데, 특별히 한 수 배우고자 이렇게 왔소이다."

백천군이 크게 노하여 칼을 들고 잡으려 하자 육압도인 또한 칼로 대항했다. 몇 합도 채 안되어 백천군은 진을 향해 곧장 도주했다. 도인은 재촉하는 종소리도 듣지 않고 즉시 따라 들어갔다.

백천군은 누대에 올라가서 세 개의 붉은 깃발을 흔들

었다. 육압도인이 진에 들어가니 공중화空中火·지하화地下火·삼매화三昧火 등 세 가지 불길이 둘러쌌다.

그러나 백천군은 육압도인이 불 속의 보배요, 땅 속의 정수요, 삼매의 정령임을 알지 못했다. 세 가지 불길이 감싸자 그의 몸과 합하여 하나가 되니 어찌 이 사람을 해칠 수 있겠는가?

육압도인이 세 가지 불길에 휩싸인 지 두어 시각 뒤에 불 속에서 한 가닥 노랫소리가 흘러나왔다.

수인씨가 불 속의 음기를 정제해냈고,
삼매에 힘썼으니 그 뜻이 깊은 것이었네.
불길만 헛되이 타오르는데 나는 비법을 전수받았으니,
어찌 수고롭게 백천군 백례白禮는 애를 쓰는가?

수인씨燧人氏는 사람들에게 화식火食 즉 익혀먹는 법을 가르쳐 주었다는 전설상의 제왕이고 삼매三昧란 오직 한 가지에만 정신을 집중하는 마음의 경지를 말한다.

노래를 듣고 백천군이 마음을 집중하여 불길 속을 들여다보니 육압도인은 기력이 백배는 더 강해져 있었고, 손에는 한 개의 호리병을 들고 있었다.

호리병에서 한 줄기 흰 빛이 뻗어나왔는데 높이가

세 길 남짓이나 되었으며, 빛의 끝에서 무언가 나타났는데 길이는 7촌으로 눈과 눈썹이 있었고 눈에서 두 줄기 흰 광선이 쏟아져 내려 백천군의 정수리에 명중했다.

백천군은 금방 정신이 혼미해져 좌우를 구별하지 못했다. 육압도인이 불 속에서 몸을 한번 굽히며 말했다.

"보물은 몸을 한 바퀴 돌라!"

그 보물이 흰 광선 끄트머리에서 자신의 몸을 한번 돌리자 백천군의 목이 땅바닥으로 떨어졌다.

육압도인이 호리병을 거두고 막 진에서 나오는데 뒤에서 큰소리가 들렸다.

"육압도인은 가지 마라, 내가 간다!"

낙혼진落魂陣의 주인 요천군이 사슴을 타고 채찍을 휘두르며 나왔는데, 얼굴은 황금빛이었다. 물결 같은 붉은 수염에 큰 입과 이리처럼 입 밖으로 삐져나온 이빨을 하고 있었다. 벽력 같은 소리를 지르며 그는 번개처럼 달려왔다.

연등도인이 자아에게 명했다.

"승상이 방상을 불러 낙혼진을 한번 격파해 보게 하시오."

자아가 급히 방상에게 명했다.

"그대가 가서 낙혼진을 격파한다면 그 공이 작지 않

으리라."

방상은 명령을 듣자마자 대답도 하지 않고 달려나가 공격해 들었다. 방상은 덩치가 크고 힘도 센지라 요천군은 대적하지 못하고 단 한번 막아본 뒤 진 속으로 도망쳤다.

방상은 재촉하는 북소리를 듣고 뒤를 따라 들어갔다. 급히 낙혼진 안으로 들어가자 요천군은 누대 위에 앉아 검은 모래 한 줌을 뿌렸다. 가련한 방상이 어찌 그 속의 오묘함을 알겠는가? 그는 크게 한번 소리를 지르고 이내 죽어버렸다.

요천군 요빈姚賓이 다시 큰소리로 외쳤다.

"연등도인, 당신은 어찌하여 속된 필부를 보내 억울하게 죽게 하시오? 당신들 중에서 도덕이 맑고 높은 분을 나의 진에 보내시오."

연등도인이 적정자에게 명했다.

"그대가 가보시오."

명을 받은 적정자가 다가가 말했다.

"요빈, 당신이 이전에 자아의 혼백에게 절을 할 때 나는 두 차례나 당신의 진에 들어가 자아의 혼백을 구출해냈소. 오늘 당신이 또 방상을 죽였으니 이 어찌 음험한 짓이 아닌가?"

"태극도의 현묘함도 겨우 그 정도에 불과하여 내 호주머니 속의 물건으로 전락됨을 면치 못했소. 당신들 옥허문하의 신통력은 결국 그리 높지 못하더군요."

"그것은 하늘의 뜻으로 응당 그렇게 되어야 할 것이었소. 당신은 오늘 궁지에 몰려 살아나기 힘들게 되었으니 후회해 볼 요량도 하지 마시오."

요천군이 일갈하며 채찍으로 내리치자 적정자가 "제법이네!"라면서 막아내고 번개같이 몸을 숨겼다. 채 몇 합 되지도 않아 요천군은 곧 낙혼진 안으로 들어갔다.

적정자는 등 뒤에서 종소리가 울리든 말든 진 안으로 따라 들어갔다. 이번에 들어가면 세번째 들어가는 것이니 어찌 진이 험난한 것임을 모르겠는가?

적정자는 머리 위로 상서로운 구름을 띄워 먼저 자신의 몸을 감싸게 하고 팔괘자수선의八卦紫壽仙衣로 자신의 몸을 보호하니, 광채가 눈부시게 빛나며 검은 모래가 몸에 닿을 수 없었으므로 자연히 안전했다.

요천군은 누대에 올라서서 적정자가 진으로 들어오는 것을 보자 급히 한 말의 검은 모래를 아래를 향해 뿌렸다. 적정자의 위로는 상서로운 구름이 있고 아래로는 선의仙衣가 있었으므로 검은 모래가 침투할 수 없었다.

요천군은 요술이 통하지 않는 것을 보고서 곧 누대

에서 뛰어내려 다시 덤벼들었다. 덤벼들기에 바쁠 뿐 미처 방어가 없었을 때였다. 적정자가 몰래 음양경陰陽鏡으로 요천군을 향하여 한 차례 정면으로 비추었다.

요천군은 곧 누대 아래로 나동그라졌다. 적정자는 동곤륜東崑崙을 향해 고개 숙여 절하면서 "제자가 살생계를 범하겠습니다!" 하고는 칼을 빼들어 목을 베었다. 요천군의 영혼 또한 봉신대로 향했다.

적정자는 낙혼진을 격파하고 태극도를 되찾아 현도동玄都洞으로 돌려보냈다.

한편 문 태사는 조공명이 그리 된 것 때문에 마음이 괴로웠다. 태사는 군사 일마저 돌보지 않았으므로 두 진의 주인이 또 실패한 사실도 알지 못했다. 마침내 두 진이 모두 격파되었다는 보고를 받자 태사는 삼시신三尸神이 곤두서고 몸의 일곱 구멍에서 연기가 피어오를 정도로 조급해져서 발을 동동 구르며 탄식했다.

"뜻하지 않게도 오늘 내가 여러 도우들께 누를 끼쳐 이러한 재난을 당하게 했구나!"

문 태사는 급히 나머지 두 진의 주인인 장천군과 왕천군을 불러 울면서 말했다.

"불행히도 명을 받들어 정벌을 나와 여러 도우들께 누

를 끼쳐 이 지경으로 무고한 재난을 당하게 했소. 나는 나라의 은혜를 받았으니 이렇게 되는 것이 당연하다지만, 여러 도우들은 어찌하여 이런 재난을 당하게 되었는지 하늘의 뜻을 모르겠소. 문중의 마음이 어찌해야 편하게 될꼬?"

또 보니 조공명은 정신이 혼미하여 군사 일은 알지 못하고 단지 누워서 자느라 코고는 소리만이 들려왔다. 옛말에 '신선은 잠자지 않는다'고 하는 것은 6근根 즉 눈·코·귀·혀·몸·생각이 맑고 깨끗하다는 뜻인데, 어찌하여 지금처럼 6·7일 동안 잠만 자고 있는가?

문 태사는 마음이 심히 조급해 왔다.

'조 도형은 어찌하여 잠자기만 할까? 이것은 반드시 흉한 조짐이로다.'

태사의 마음은 더욱 울적해졌다.

한편 자아는 기산에서 보름 정도 계속 절을 했다. 조공명은 더욱 혼미해져서 잠만 자다가 끝내 인사불성이 되었다. 문 태사가 군막 안에 들어가 보니 공명의 코고는 소리가 천둥 같으므로 손으로 흔들어 깨우면서 물었다.

"도형, 도형은 신선인데 어찌하여 자기만 하오?"

두 진의 주인이 공명이 쓰러져 있는 것을 보고 태사

에게 말했다.

"문형, 이것은 분명 누군가가 그에게 주문을 걸고 있는 것 같소. 금전을 가지고 점을 쳐보면 무슨 연고인지 알 수 있을 것이오."

"일리가 있는 말이오."

태사가 황급히 향을 차려놓고 직접 분향하며 팔괘를 써서 알아보았다. 태사가 크게 놀라 말했다.

"술사 육압이 정두칠전서釘頭七箭書로 서기산에서 조 도형을 죽이려 하니, 이 일을 어찌해야 좋겠소?"

왕천군이 말했다.

"이미 육압도인이 이 같은 일을 저지르고 있다 하니 반드시 서기산으로 가서 그의 부적을 빼앗아 와야 이 재액을 해결할 수 있겠구려."

문 태사가 말했다.

"안되오. 그가 이미 이러한 생각을 했다면 반드시 대비를 하고 있을 것이오. 몰래 가야지 정면으로 빼앗으러 가는 것은 불가하오. 만약 정면으로 빼앗으러 가면 오히려 횡액을 당할까 두렵소."

장천군이 말했다.

"문형께서는 조급해 하실 필요가 없소. 오늘 저녁 진구공과 요소사에게 토둔법을 써서 몰래 기산으로 가라

하시오. 그 부적을 빼앗아 오기만 하면 대사는 반드시 해결될 것이오."

문 태사가 크게 기뻐했다.

한편 연등도인과 여러 문인들은 고요히 앉아 각기 정신을 운행시키고 있었다. 육압도인은 문득 영감이 떠올랐으나 여러 도인들에게는 아무 말도 않은 채 손가락을 짚어 점을 쳐 그 뜻을 깨달았다.

육압도인이 말했다.

"여러 도우들, 문중이 이미 그 원인을 알아내고 오늘 두 명의 문도들에게 기산으로 가서 그 부적을 빼앗아 오게 할 것이오. 부적을 빼앗기면 우리가 살아남을 수 없소. 빨리 출중한 장수를 골라 보내 자아에게 알리고 방비케 하시오. 방비하기만 하면 아무 걱정이 없소."

연등도인은 곧 양전과 나타 두 사람을 보냈다.

"속히 기산으로 가서 자아께 보고하라."

이때 문 태사의 명을 받은 진구공과 요소사 두 사람은 급히 기산으로 갔다. 시각은 이미 2경이나 되었다. 두 사람은 토둔법을 써서 달려갔는데, 공중에서 보니 과연 자아가 머리를 풀어헤치고 칼을 든 채 누대 위에서 북두성을 밟고 있었다. 또한 부적을 붙이고 주문을 외면서 서성대는 것이 보였다.

막 한 차례 절을 하고 있는 사이에 두 사람은 이미 아래로 내려와 부적을 움켜쥐고 바람처럼 사라져 버렸다. 자아가 무슨 소리를 듣고 급히 머리를 들었을 때는 이미 탁자 위의 부적이 사라진 뒤였다. 자아는 무슨 까닭인지 알지 못하고 어리둥절해 했다.

때마침 나타가 왔다.

"육압도인의 명을 받들고 왔습니다. 문 태사가 사람을 보내 부적을 빼앗아갈 것인데, 만약 그 부적을 빼앗긴다면 모두 살아날 수 없을 것이라 하셨습니다. 그래서 지금 저를 보내 보고하여 사숙께서 미리 방어하게 하라 하셨습니다."

자아는 이야기를 듣고 매우 놀라면서 말했다.

"이미 때가 늦었구나! 방금 전에 내가 술법을 행하고 있을 때 무슨 소리가 나더니 곧 부적이 사라져 버렸구나. 알고 보니 이 같은 까닭이 있었던 모양이로구나. 빨리 가서 빼앗아 가져오라!"

나타는 황급히 풍화륜에 올라 뒤쫓았다.

한편 양전은 말을 몰아 천천히 가고 있었다. 몇 리도

채 못 가서 한바탕 바람이 몰려오는 것이 보였는데 매우 괴이했다.

양전은 그 괴이한 바람이 필시 부적을 빼앗아 오는 것이라 생각하고, 말에서 내려 급히 풀을 한 줌을 뽑아 들고 공중에 뿌리면서 "빨리!" 하고 소리를 지르고는 한쪽 옆에 나앉았다.

진구공과 요소사 두 사람은 부적을 빼앗은 일로 매우 기분이 좋았다. 쳐다보니 앞에 진영이 보이므로 토둔법에서 내려섰다. 등충이 바깥진영을 지키고 있다가 급히 들어가 보고했다.

두 사람이 진영에 들어가니 문 태사는 중군군막 안에 앉아 있었다. 두 사람이 앞으로 나가 보고를 올리자, 태사가 물었다.

"부적을 빼앗아 오는 일은 어찌되었는가?"

"명을 받들어 토둔법으로 부적을 빼앗으러 갔더니 자아가 마침 술법을 행하고 있기에, 그가 절하는 틈을 보아 부적을 빼앗아 왔습니다."

태사는 크게 기뻐하며 두 사람에게 말했다.

"부적을 가져오라."

두 사람이 부적을 바쳤다. 태사는 부적을 받아 한번 보더니 소매 안에 넣고는 말했다.

"그대들은 후영에 가서 그대의 사숙이 회복되었는지 보라."

두 사람이 몸을 돌려 후영으로 가는데 뒤에서 우레 같은 소리가 울렸다. 급히 뒤돌아보니 진영은 온데간데 없고 두 사람은 그저 평지에 서 있는 것이었다. 두 사람이 취한 듯 멍하니 서 있을 때 백마를 타고 긴 창을 든 사람이 나타났다.

"내 부적을 내놓아라!"

진구공과 요소사는 화가 나서 사구검四口劍을 휘둘렀다. 양전도 큰 뱀모양의 창을 휘두르자 천지가 컴컴해지도록 격렬한 싸움이 벌어졌다.

한참 싸우고 있는데 공중에서 나타의 풍화륜 소리가 들렸다. 나타는 무기들이 부딪치는 소리를 듣고 풍화륜에서 내려 창을 휘두르며 달려들었다.

진구공과 요소사는 양전의 적수가 아닌데다가 하물며 도우러 온 사람이 또 있었으니 어찌 당해내랴! 나타가 용맹을 떨치며 단번에 요소사를 찔러 죽였고, 양전은 진구공을 한 창으로 쓰러트렸다.

양전이 나타에게 물었다.

"기산의 일은 어찌되었는가?"

"사숙께서 이미 부적을 빼앗겨 내가 뒤쫓아 온 것이오."

"방금 전에 두 사람이 토둔법을 써서 달려왔는데 바람소리가 매우 수상하여 내가 필시 이것은 부적을 빼앗아 오는 것이라고 생각하고 즉시 한 계책을 꾸몄소. 무왕의 홍복에 힘입어 속임수를 써서 부적을 되찾았소. 또한 도형의 협조를 얻어 기쁘게도 두 사람 모두를 처치할 수 있었소."

양전과 나타는 다시 기산으로 갔는데, 두 사람이 기산에 도착할 즈음 날은 이미 밝아오고 있었다. 부적을 되찾은 일로 경각심이 배가된 자아는 밤낮으로 힘써 방어했다.

한편 문 태사는 부적을 기다리고 있었는데 다음날 아침녘이 되었는데도 두 사람이 돌아오지 않자, 다시 신환에게 명하여 소식을 알아오게 했다. 잠시 뒤 신환이 돌아와 보고했다.

"태사께 아룁니다. 진구공과 요소사는 연유를 알 수 없으나 중도에 죽어 있었습니다."

태사는 탁자를 치며 울부짖었다.

"두 사람이 이미 죽었다면 그 부적은 결국 가져올 수 없게 되었구나!"

가슴을 치고 발을 구르며 중군군막이 울리도록 큰소

리로 울부짖었다. 두 진의 주인이 진영으로 들어오다가 태사가 이와 같이 슬퍼하는 것을 보고 급히 그 까닭을 물었다. 태사가 그 일을 이야기하자 두 사람은 함께 후영으로 가서 조공명을 살펴보았다.

공명의 코고는 소리가 천둥 같았다. 태사가 눈물을 흘리며 연신 "조 도형!"하고 불렀다. 공명은 눈을 떠 태사가 와 있음을 보고 부적에 관한 일을 물었다.

태사는 조공명에게 사실대로 말했다.

"진구공과 요소사가 모두 죽었소."

공명은 벌떡 일어나 앉아 두 눈을 둥그렇게 뜨고 크게 소리쳤다.

"끝났구나! 내가 일찌감치 동생의 말을 듣지 않은 것이 후회스럽도다. 결국 이 몸이 죽는 화를 입게 되다니!"

놀라 온 몸에서 땀만 흘릴 뿐인 공명은 묘책을 생각해내지 못했다. 공명이 탄식했다.

"생각해 보니, 천황天皇 때 도를 깨닫고 수양으로 옥 같은 피부와 신선의 몸을 이루었는데, 오늘 재앙을 만나 육압에게 죽임을 당할 줄 어찌 알았으랴! 진실로 가련하다! 문형, 생각해 보건대 나는 다시 살아날 수 없을 듯하오. 다만 내가 죽고 나면 태사가 손수 금교전金蛟剪을 내 도포로 싸고 허리띠로 묶어주시오. 그러면 내가 죽은 뒤

운소雲霄 등 누이동생들이 내 시체를 보러 올 것이니 태사는 금교전을 싼 내 도포를 그 애들에게 주시오. 나의 세 누이들이 내 옷을 보면 친오라비인양 여길 것이오!"

말을 마치고 눈물을 쏟으면서 조공명은 갑자기 크게 소리질렀다.

"운소! 너의 말을 듣지 않은 것이 후회스럽구나!"

조공명은 목이 메어 더 이상 말을 잇지 못했다. 태사는 공명이 이렇게 괴로워하는 것을 보자 칼로 저미는 것처럼 가슴이 아팠으며 노기충천하여 으스러져라 이를 갈았다.

태사가 이처럼 상심해 하는 모습을 본 왕변王變은 바삐 진영에서 나와 홍수진紅水陣을 배열하고 곧장 갈대집 아래로 가서 소리쳤다.

"옥허문하에 누가 있어 홍수진에 들어오리."

나타와 양전은 방금 갈대집에 올라와 연등도인과 육압도인에게 아까 일을 얘기하고 있었다. 외치는 소리에 도인이 무리를 이끌고 갈대집에서 내려와 보니, 왕천군이 사슴을 타고 오고 있었다.

연등도인이 명했다.

"조 도우, 당신이 한번 진을 격파해 보시오."

조보曹寶가 말했다.

"이미 천명을 받든 주군을 섬기고 있는데 어찌 사양하겠습니까?"

급히 보검을 뽑아들고 진을 나서서 크게 소리쳤다.

"왕변은 천천히 오라!"

왕천군이 조보를 알아보고 말했다.

"조형, 당신은 은자이시니, 이곳은 당신이 있을 곳이 아니오. 무엇 때문에 나와서 이러한 살생계를 범하려 하고 계시오?"

"그대들은 거짓된 것을 돕고 진실한 것을 멸하려 하고 있소. 어찌하여 하늘의 뜻을 알지 못하고 그릇된 것을 돕고 있소? 생각건대 조공명은 천시를 따르지 않아 지금 하루아침에 스스로 죽음을 자초한 것이오. 10진 중에서 이미 여덟아홉이 격파되었으니 하늘이 정한 운명임을 알 수 있소."

왕천군이 대노하여 칼을 들고 공격하자 조보가 칼로 황급히 대적했다. 사람과 사슴이 서로 뒤얽히며 몇 합이 채 안되어 왕천군은 진 안으로 달려들었다.

조보도 즉시 뒤를 따라 진 안으로 들어갔다. 왕천군은 누대에 올라가 호리병 한 개를 아래로 내던졌다. 그 호리병이 깨지면서 붉은 물이 땅 위에 가득 찼다. 한 방울이라도 몸에 닿으면 사지가 피로 변하는데, 조보는 아예 온 몸을 적셨으니 가련하다! 도복과 허리띠만을 남긴 채 조보의 사지와 온 몸이 피로 변해 버렸다.

기가 산 왕천군은 다시 진을 나서서 큰소리쳤다.

"연등도인은 도리가 없으신 분이시오! 허수아비 같은 은자를 보내다니! 옥허문하에는 이름 높은 사람이 천지에 가득한데 어찌 그리 할 수 있단 말이오. 고고한 도인분들! 누가 감히 나의 진에 들어오겠소?"

연등도인이 도덕진군에게 명했다.

"진군이 가서 이 진을 격파해 보시오!"